LA PURETÉ

Du même auteur

Littérature

Le secret fardeau de Munch,
nouvelle, collection Litote, éditions de Courberon,
Saint-Patrice-de-Beaurivage, 2009.

Les mémoires du docteur Wilkinson,
nouvelles d'inspiration policière,
éditions de la Pleine lune, Lachine, 2010.

Philosophie et spiritualité

Graines d'éveil : Contes inspirés de la sagesse des Anciens,
préface de Claire Pimparé,
éditions Un monde différent, Brossard, 2007.

Source de bonheurs et de bienfaits :
Petite introduction au bouddhisme,
préface de Jean-Marie Lapointe,
éditions Un monde différent, Brosssard, 2009.

Quand les sombres nuages persistent : Conseils du cœur à ceux
qui vivent des moments difficiles et à ceux qui les aiment,
préface de Francine Ruel, éditions de Mortagne,
Boucherville, 2010.

Vincent Thibault

La Pureté

nouvelles

⌣

Suivi de
Le Promeneur

hamac

Les éditions du Septentrion remercient le Conseil des Arts du Canada et la Société de développement des entreprises culturelles du Québec (SODEC) pour le soutien accordé à leur programme d'édition, ainsi que le gouvernement du Québec pour son Programme de crédit d'impôt pour l'édition de livres. Nous reconnaissons également l'aide financière du gouvernement du Canada par l'entremise du Programme d'aide au développement de l'industrie de l'édition (PADIÉ) pour nos activités d'édition.

H
hamac

Directeurs de collection : Adeline Corrèze et Éric Simard

Direction littéraire : Éric Simard

Révision : Pierre-Yves Villeneuve

Correction d'épreuves : Marie-Michèle Rheault

Mise en pages et maquette de la couverture : Pierre-Louis Cauchon

Photographie de la couverture : © Lili Lemieux (www.lililemieux.com)

Si vous désirez être tenu au courant des publications
de la collection HAMAC
et des ÉDITIONS DU SEPTENTRION
vous pouvez nous écrire par courrier,
par courriel à sept@septentrion.qc.ca,
par télécopieur au 418 527-4978
ou consulter notre catalogue sur Internet :
www.hamac.qc.ca ou www.septentrion.qc.ca

© Les éditions du Septentrion
1300, av. Maguire
Québec (Québec)
G1T 1Z3

Diffusion au Canada :
Diffusion Dimedia
539, boul. Lebeau
Montréal (Québec)
H4N 1S2

Dépôt légal :
Bibliothèque et Archives
nationales du Québec, 2010
ISBN papier : 978-2-89448-634-4
ISBN PDF : 978-2-89664-586-2

Ventes en Europe :
Distribution du Nouveau Monde
30, rue Gay-Lussac
75005 Paris

ASSOCIATION
NATIONALE
DES ÉDITEURS
DE LIVRES

Membre de l'Association nationale des éditeurs de livres

La Pureté

Tu cours   tu ne sais pas pourquoi   tout le monde court.

Plus tard, plus tard seulement, l'on se souviendra avec horreur qu'en ce jour du 26 octobre éclata un des plus terrifiants attentats terroristes du siècle : une nouvelle attaque au gaz sarin dans le métro de Tokyo.

Tu cours à toute allure, des centaines de personnes se bousculent sur les quais, tu vois une vieille femme qui tombe, quatre ou sept personnes lui marchent dessus, tu l'as déjà perdue de vue. Tu continues de courir, tu ignores pourquoi tu cours, la peur sans doute, mais la peur de quoi ? De toute façon, tout le monde l'ignore. Ou plutôt, personne n'accepte. Pas encore. Pas encore.

Il fait chaud, tu respires à pleins poumons, les gens étouffent. Dans le chaos, tu en vois deux qui s'évanouissent. Une femme et un homme. Et puis, tu reçois le coup de coude sur le nez. Le coup de coude qui te

9

fait saigner du nez, abondamment. Tu ne t'arrêtes pas pour autant, ta chemise est déjà dégueulasse, elle était blanche, elle est rouge. Tu cours sans trop savoir où tu vas, tu as l'air d'un enfant, chaque voyageur a l'air d'un jeune enfant horrifié qui a perdu sa maman. Des hurlements indistincts proviennent de toutes les directions, c'est comme un grand cri primal, un vagissement épouvantable qu'on ne sort qu'une fois dans sa vie et qui fait pleurer tout le monde autour. Pour longtemps.

Pas encore.

Pas encore.

Pas encore.

Pas encore.

Il y a eu l'attaque du 20 mars 1995, maintenant celle-ci, c'est impossible, pas encore.

Les gens courent et courent et se piétinent et courent et n'acceptent pas. Il y en a même un qui se refuse obstinément à cette réalité, il s'assoit sur un banc, ferme les yeux et attend. Le sang qui coule toujours à profusion depuis ton nez   ce sang que tu avales sans le vouloir   les sueurs froides   tu es pris de vertige   tu dois ralentir   pourquoi courons-nous tous ?

Pas encore. Pas encore.

Tu t'appuies au banc, près de l'homme qui s'obstine à croire que ce cauchemar n'est pas en train de se produire. Il constate ta présence et ouvre la bouche :

— Vous savez ce qui est le pire ? C'est qu'une fois que j'ai mis les pieds à la station, je ne me souvenais plus quel métro je devais prendre ! J'ai pris celui-ci, faut croire que ce n'était pas le bon.

Comment un homme peut-il faire des blagues à un moment pareil ? À deux mètres de là, quelqu'un écrase les doigts d'une petite fille, elle crie très fort. Puis tout à coup, sans que tu puisses savoir pourquoi, et avec la même violence, la même peur à l'état brut que lorsque tu t'es mis à courir, tu penses à tes cours de psycho. Le cas de cet homme dans la cinquantaine, assis tout près et qui oublie dans quelle direction il devait aller, évoque pour toi ces histoires d'amnésies temporaires, tu les as étudiées au collège. Amnésies et troubles post-traumatiques, qu'ils disaient.

Tu te vois, dix minutes plus tôt. Rentrer dans la station, et sans destination.

Tu ne venais pas pour prendre le métro.

Tu te vois, avec cette grosse mallette.

Tu ne l'as plus.

Tu ne l'as pas perdu dans le chaos, cette mallette, tu l'as déposée.

Tu as choisi l'endroit il y a de cela des semaines.

Tu l'as déposée.

C'est soudain. Comme si ta course avait été freinée par un mur de briques – comme si tu courais à toutes jambes dans le noir et que ta tête rencontrait un pan de béton. Tu comprends ceci : ton acte était désespéré, c'était un cri puissant. Mais devant la réaction de centaines d'innocents, ton esprit, ton corps même, n'ont pas tenu le coup. Ils se sont approprié les émotions dont l'environnement immédiat était surchargé : la confusion, la terreur. La peur à l'état pur.

Le souffle fétide de la mort.

Tout était prémédité, tu as passé les quatre derniers mois à planifier ton geste, à te procurer le sarin, vous étiez toute une équipe à étudier les plans et les horaires du métro. Et pourtant, tout cela, comme une éclosion soudaine et imprévue, tout cela a changé. En quelques secondes, ton esprit s'est complètement embrouillé, comme si ta cervelle avait été constituée de pulpe d'un fruit inconnu, indigeste.

L'homme est toujours sur son banc, il n'a pas bougé. Si, ses yeux : il les ferme délibérément, il y met tant de force que la partie supérieure de ses joues en est rouge.

C'était toi.

Tu recommences tant bien que mal à marcher
on te bouscule de tous les côtés
        l'air est lourd   l'air est lourd, comme rêche.
C'était toi.
C'était toi.
Peut-être qu'inconsciemment tu t'es dit que la
seule manière de te faire pardonner – de te pardonner à
toi-même ? – était de te présenter sous un jour humain,
cet humain qui éprouve la peur des innocents.
Mais cela n'a plus d'importance.
Ton bras gauche –
        tu t'effondres.

Un air nouveau

« [...] il distingua, à la lueur des étoiles qui
se glissait entre les nuages, un pin brisé par
la foudre, qui dominait les alentours ; c'était
assurément celui qui marquait sa maison ; son
premier mouvement fut de joie, et il s'avança :
la maison n'avait subi aucun changement.
Il semblait que quelqu'un l'habitait ; par les
fentes de la vieille porte, filtrait, scintillante, la
lumière d'une lampe : était-ce un étranger qui
l'habitait ? »

— UEDA Akinari, *Ugetsu-monogatari*
(*Contes de pluie et de lune*)

En dépit de ses soixante-six ans, Ajima-sensei
n'avait jamais connu une telle température
à Kyushu. Les habitants de la préfecture de
Kagoshima avaient été aussi pris de court qu'un
maître de thé laissant tomber sa tasse préférée.
Déjà, à l'heure de la sortie des classes, d'intimi-
dantes bourrasques s'étaient levées et, d'un lot de
pluie arrachée au ciel noir, fouettaient le visage des

écolières en fuite. Les uns avaient trouvé refuge chez des amis, beaucoup, chez des inconnus.

En début de soirée, la neige s'était mise de la partie. Il était bien évident que personne ne se rendrait au cours de monsieur Ajima. Même les plus courageux auraient payé cher pour rester confortablement chez eux, à contempler de la fenêtre le spectacle qui leur rappelait étrangement les films américains et leurs *Christmas holidays*.

Mais le vieil homme était dévoué. Du temps qu'il enseignait l'acupuncture à Osaka, jamais il n'avait manqué un cours. Tempête de neige ou pas, ce n'est pas à sa retraite qu'il allait commencer à se comporter en insouciant*.

Il enseignait la gymnastique chinoise dans le sous-sol d'une petite église de quartier. La chapelle chrétienne avait tout d'une architecture occidentale, et Ajima y mettait les pieds sans foi aucune. Ce qui le dérangeait le plus, pour parler franchement, c'était l'odeur des lieux. À la première inspiration, on se surprenait à faire des associations bizarres : encens népalais, vieilles chaussettes et fèves bouillies. Mais bien qu'Ajima était loin de ce qu'il conviendrait d'appeler

---

* Au Japon, il est fréquent que prendre sa retraite ne soit
en vérité que l'occasion de changer de vocation.

« un bon chrétien », il s'était attaché à l'endroit. On raconte que le missionnaire espagnol saint François Xavier avait lui-même proposé de construire sur ce terrain, alors il faut croire que les *kamis** s'y étaient montrés sympathiques.

Malgré la température, le professeur arriva à l'avance. Il aimait à s'asseoir un moment avant l'arrivée de ses étudiants. L'attente se faisant plus longue qu'à l'accoutumée, Ajima-sensei, l'incarnation même de la patience, se dit que même s'il devait attendre tout ce temps pour un seul étudiant optimiste, cela vaudrait le coup. Mais personne n'arrivait…

Il se leva enfin, se frictionna les genoux, et entreprit d'explorer un peu la pièce. Il n'avait jamais vraiment porté d'intérêt à tous ces portraits accrochés au mur du fond. Il l'avait rappelé maintes fois à un jeune étudiant rêveur : ces portraits n'ont rien à voir avec le contenu du cours ! Cette fois-ci pourtant, Ajima se laissa absorber par une foule de détails. Le reflet de corail dans les yeux d'une femme, visiblement européenne. La noire moustache d'un homme qui avait tout d'un Mexicain, et qu'on osait imaginer tenir un

---

* *Kamis* : divinités ou esprits qui veillent sur tous les éléments de la nature, qu'ils soient vivants, morts ou inanimés.

cigare. La toge d'un vieux prêtre japonais qui, à n'en pas douter, sentait un heureux mélange d'encens népalais, de vieilles chaussettes et de fèves bouillies...

Ces excursions, ces rêves éveillés, s'interrompirent brusquement lorsque Ajima posa les yeux sur l'orgue. Un vieil orgue électrique au clavier jauni et accompagné d'un banc au coussin dégarni que personne n'avait touché depuis des années. Il l'avait remarqué dès le premier cours, mais jamais il ne l'avait approché. À quoi bon ?

Il allait s'asseoir, quand à son étonnement la partie supérieure du banc s'ouvrit. Le coussin avait pivoté sur deux charnières secrètes. Une seule autre fois dans sa vie, Ajima avait fait l'expérience de cette émotion précise et indicible, puissante parce qu'emplie de honte et de fascination. C'était lorsqu'il avait ressenti cette fierté morbide en découvrant un double fond dans la valise d'un homme mort. Mais près du vieil orgue, Ajima ne pensa pas à cette valise, dont le propriétaire avait trépassé quelque quarante ans plus tôt. Il aurait peut-être dû ; il ne le fit pas, et considéra le coffre qui ne contenait qu'un trésor banal : un livre vétuste bêtement relié et portant le titre français de *Joies et gloires de l'orgue.*

Le vieil Ajima sourit en songeant que ce mot, « gloires », avait décidément une connotation chrétienne. D'autant plus que le livre avait précisément la même odeur que l'ensemble de la pièce, en concentré. En fait, il se demanda si ce n'était pas ce livre, à lui seul, qui parfumait la chapelle. Mais le professeur n'avait rien à faire. Alors, avec un brin de nonchalance, il l'ouvrit et se mit à lire la première page.

C'est alors que quelque chose de magique se produisit. Oui, vraiment, quelque chose de surnaturel. Lorsqu'il avisa l'horloge, un peu pour se détendre les yeux, il constata que deux heures étaient passées. Comme si, à son insu, le temps avait été réduit en charpie, et les minutes immédiatement dispersées par la tempête.

L'heure de la fin du cours étant dépassée depuis longtemps, Ajima se dépêcha de rentrer.

⌣

Au début, il ne comprit pas trop pourquoi.

À partir de ce moment-là, chaque semaine, il se rendit toujours plus à l'avance au cours. *Il voulait apprendre à jouer.* Lui, le grand Ajima, professeur renommé de médecine traditionnelle, se retrouvait là chaque semaine afin de pratiquer son petit répertoire, essentiellement composé de vieux cantiques chrétiens, à l'exception de deux classiques des Beatles dont un amateur avait oublié les partitions entre les pages du livre.

Les touches de l'orgue cliquetaient sans cesse, avec un son qui rappelait un craquement d'os de volaille. Ajima n'était pas particulièrement doué, mais si l'on considérait qu'il ne jouait que depuis trois mois – et ce, à raison d'environ une heure par semaine –, il faisait des progrès considérables. Il faut dire qu'il éprouvait un profond respect à l'égard de l'instrument. Lorsqu'il jouait, il se sentait revivre. Non pas qu'il eût ressenti de la hargne à l'égard de la vie elle-même, seulement il trouvait la sienne ennuyante. Le grand ennui apprivoise insidieusement l'homme. D'abord l'esprit, ensuite le corps, par moments seulement. Et puis un jour on se réveille, et il est là, simplement. Il est là chez soi, bien installé comme dans un salon à l'occidentale. L'ennui est un vieux copain à qui on a offert un *scotch on the rocks* après une soirée de poker, et qui depuis refuse de partir.

Mais la première note avait cet effet magique : le son s'élevait, et de ses grands bras escortait le vil ennui jusqu'à la sortie.

Il jouait avec une telle douceur que ses fausses notes n'en étaient que plus émouvantes. Il n'en bénissait pas moins le contrôleur du volume, qui lui permettait d'en réduire l'intensité à mesure que l'heure du cours approchait. Quelle honte, pensait-il, quelle honte ç'eût été si un étudiant l'avait surpris, lui, le maître en médecine, usurpant la place d'un musicien !

Mais les étudiants savaient. Du moins quelques-uns d'entre eux qui un jour étaient arrivés à l'avance. Et eux aussi avaient d'abord ressenti l'émerveillement de celui qui découvre un double fond… Cet aspect secret de la personnalité de leur professeur n'avait qu'augmenté leur affection à son égard. Toutefois, par politesse pour le maître, ils s'étaient efforcés de ne changer en rien leur comportement.

Une seule étincelle dans le regard de l'un ou de l'une aurait pu trahir leur indiscrétion.

Un soir – c'était alors l'automne et Ajima venait de fêter ses soixante-sept ans –, il se rendait à l'église pour y enseigner. Il était si enthousiaste à l'idée d'improviser sur *Hey Jude* qu'il courait presque. À un moment, la mélodie qui tournait en boucle dans son esprit s'arrêta net.

Sa vue s'était affaiblie, mais il avait conservé une ouïe remarquable, et une part de lui n'arrivait pas à admettre ce qui pourtant ne prêtait à aucune confusion. Au détour de la rue Izumo-Dori, il aperçut la chapelle : c'était l'attraction d'un courroux divin, le cœur étouffé d'une toile en feu. Les flammes dans le ciel avaient une telle prestance, de l'incendie se dégageait une telle puissance, que la notion même de temps semblait s'être métamorphosée : le temps, tel le corps d'un jeune enfant qu'on avait dû faire incinérer.

Presque toute la ville s'y était mis, mais il n'y avait rien à faire : soixante minutes plus tard, il ne restait de l'église que des ruines noircies évoquant de lourds et inutiles morceaux de charbon.

Le vieil homme demeura immobile un long moment.

Puis, peut-être pour la première fois de sa vie, ses mains se mirent à trembler.

⌣

C'est vers cette date que l'on constata la disparition du professeur Ajima. On n'a jamais su pourquoi. On ne sait jamais trop pourquoi les gens disparaissent, autrement on ne parlerait pas de « disparition ». Une fugue, un suicide, un meurtre, c'est troublant. Mais il faut l'avouer : la disparition est unique, en ce qu'elle laisse place à l'imagination, cette maîtresse maligne.

Quelques-uns pourraient penser que le vieil Ajima s'était éclipsé de lui-même pour cacher sa honte – car, comble de l'ironie, le chef des pompiers estimait que le premier foyer d'incendie s'était allumé à la suite d'un problème électrique avec l'orgue. Pourtant, personne n'accusait le maitre, qui d'ailleurs n'était nullement responsable de l'incident.

Il y a environ un an, le gouvernement local publia un petit guide à l'attention des touristes. Les auteurs du guide ne devaient pas connaître l'histoire de la chapelle. Sans doute n'avaient-ils même jamais entendu le nom d'Ajima-sensei. Mais ils relevèrent ce singulier phénomène :

> RUE IZUMO-DORI. *Par les soirs où les kamis se déchaînent et où la pluie et le vent s'élèvent aux environs de l'ancienne église, on peut entendre un air d'orgue.*

Le plus beau dans cette histoire, c'est qu'il s'agit toujours d'une mélodie réjouissante.
Celle d'un homme qui renaît.

Le Navet

Lorsque j'avais six ans, la maîtresse d'école demanda aux enfants quel était leur fruit préféré. Le navet, j'ai répondu. Évidemment, tout le monde s'est marré. Les élèves, la maîtresse, tout le monde. D'abord parce que le navet, ce n'est pas un fruit. Aussi, au Japon et à cette époque, on aurait pu s'attendre à ce qu'un jeune de six ans réponde n'importe quoi. Je veux dire, n'importe quoi sauf ça : « le navet ».

D'autant qu'il n'y a que les grandes personnes qui peuvent savoir que du navet, en gros morceaux dans un pot-au-feu style indien – vous savez, un curry avec des brocolis bien cuits, des pois chiches et tout –, eh bien, que tout ça, c'est délicieux. Il n'y a qu'un adulte qui serait prêt à essayer ma recette secrète de potage (c'est plutôt une purée, m'enfin) : navet, carotte et citrouille. Essayez, je vous dis.

M'enfin. C'est un goût d'adulte. Pas d'enfant de six ans. Alors, ils ont tous ri de moi. Le même après-midi, on me surnommait déjà « le navet ». *Navet* par-ci, *navet* par-là, purée de navet – tout y passait. D'autant qu'en japonais, on peut faire des tas de calembours avec le mot « navet ».

— Eh, dis, Ishii prend le bus pour venir à l'école. Oui, oui, il prend la *navette* !

— Il paraît qu'Ishii aime tellement les *navets* qu'il ne voit que les mauvais films au cinéma !

Les étudiants plus âgés s'étaient aussi mis de la partie. Leur cruauté s'intensifiait, ils semblaient pouvoir y puiser sans relâche. Je crois que c'est la première fois que j'ai prié. J'étais dans un coin de la cour de récréation, j'ai fermé les yeux, joins les mains. J'ai demandé à disparaître.

En ouvrant les yeux, j'étais encore là. Mes larmes n'y firent rien. J'étais l'objet de leur acharnement et leur créativité maligne ne connaissait aucune limite.

— De toute façon, j'ai toujours su qu'Ishii *n'avait* rien dans la tête ! Vous la comprenez ?

⌣

L'esprit débridé de l'enfance aurait pu, tout aussi vilement, faire autant de blagues avec tous les mots du dictionnaire : chaise, craie, théière…

M'enfin, c'est tombé sur moi, et il faut croire que ça m'allait bien puisque c'est resté.

Lorsque j'ai entamé mes études au lycée, plus personne n'utilisait « Ishii ». Un jour – j'ai peut-être rêvé, de toute façon personne n'a réagi –, un professeur de lettres m'a même appelé « Navet » devant les étudiants.

Mais j'interromps tout de suite mes lecteurs. Si, considérant la lente évolution de ce récit (il faut dire que je ne suis pas écrivain), si donc vous croyez que ma vie avait l'aspect un peu absurde d'un long pavé monochrome, tout gris, sans fleur aucune et sans surprises, eh bien, vous vous trompez. La couleur s'est faite en moi – j'avais vingt-quatre ans lorsque je m'en suis rendu compte –, et à ma stupéfaction, c'était la couleur du feu. De grandes langues de feu tourbillonnant dans l'espace infini, l'espace infidèle. L'humiliation avait longtemps duré, et la rancœur me brûlait les viscères. Je m'en étais d'abord voulu, cancre qui par un seul mot dissyllabique en était arrivé à ruiner sa vie, à la plonger dans la honte aussi bêtement qu'on jette des légumes dans l'eau bouillante… Bien assez tôt, à la couleur du feu succéda celle du sang : celui de ceux que j'envisageais de faire payer. Ceux-là mêmes, c'est-à-dire tous. Et en particulier ceux qui étaient présents, ce jour maudit de mes six ans. Le rêve était de réduire leurs têtes en purée à grands coups de navet. Avec un peu de chance, pensai-je, la tâche me sera facilitée par le décès naturel de quelques-uns d'entre eux, depuis le temps…

J'en étais au comble de ma folie vengeresse, prophétisant intérieurement une véritable malédiction, lorsque je me retrouvai face à mon esprit, de la même manière qu'on se retrouve face au marché au détour d'une rue.

Tout cela n'avait aucun sens. J'avais toujours été répugné par la violence sous toutes ses formes, et voilà que je menais le discours secret d'un psychopathe endiablé par l'effet mystérieux d'une pleine lune d'automne. Horrifié par mes propres sentiments, je pris la décision de consulter un spécialiste.

Je n'avais pas l'intention d'entamer un long et pénible processus psychanalytique. Pourtant, à raison de deux fois par semaine, je prenais le train et parcourais les quelque deux cents kilomètres qui me séparaient de Takayama. Il faut dire qu'il y avait là un thérapeute allemand réputé pour ses capacités à soigner les troubles remontant à la petite enfance. De toute façon, je vous le demande : comment, en plein cœur de l'île d'Honshu, ne pas être intrigué par un psychanalyste allemand portant les mêmes initiales que Sigmund Freud ?

Le docteur était voisin d'un marchand de saké. Je me sentais immédiatement en confiance chaque fois que je prenais place sur le divan freudien qui – dois-je le mentionner ? – contrastait étrangement avec les décors traditionnels des petites maisons du quartier est de Takayama.

L'homme avait un physique imposant, et pourtant il laissait une impression suave et toute bienveillante. On pourrait dire sans trop se tromper qu'il habitait le Japon depuis longtemps déjà, à voir ses manières pleines d'humilité et de politesse. C'était surtout son accent qui trahissait ses origines : il cassait les *ka*, hissait les *ri* et laissait brusquement tomber les *ta* et les *to* d'une manière unique, qui en vérité m'est difficile de décrire ici. Mais cela n'a rien à avoir avec notre histoire de navet.

C'est avec beaucoup d'habileté, avec un amour paternel si j'ose dire, qu'il m'aida à éradiquer tout sentiment de culpabilité. En quelques semaines, je gagnai en confiance et en estime de soi. En fait, le docteur me fit découvrir une vérité toute simple : l'humiliation et la honte qu'elle engendre sont avant tout des créations de l'esprit – non de celui du public ou de la société, mais bien de l'humilié. Il m'assura que dans la tête des autres, il ne s'agissait que de moqueries enfantines et sans fondements, sans conséquence réelle.

La dernière fois que je l'ai vu, il me fit cet aveu :

— On m'a fait la même chose, quand j'étais gosse. Le même scénario : quel est votre fruit préféré, etcétéra. J'ai dit le chou, alors vous vous en doutez bien, j'étais plutôt limite... Balancer ça en pleine école française ! J'ai dû m'en tirer en baratinant que chez nous, tout le monde aime la choucroute... Il faut dire aussi que mon dossier a été rapidement éclipsé par la réplique d'un autre enfant, qui a proposé quelque chose d'encore plus inattendu... Le pauvre ! D'ailleurs à y penser, je ne l'ai plus revu depuis cette année-là. Je me demande bien...

Le docteur était perdu dans ses pensées, et ses yeux brillaient d'une mélancolie incertaine qui me donna le cafard. Il dut s'en rendre compte, car il changea aussitôt de ton pour m'offrir un précieux conseil. Il m'incitait à convoquer mes amis et, en toute simplicité, les prier de bien vouloir m'appeler par mon nom véritable.

Mes amis acceptèrent l'invitation. Je leur avais préparé un bon repas : lanières de thon caramélisées accompagnées de poireaux grillés.

Nous avons eu beaucoup de plaisir, et lorsque je leur expliquai mon problème, les mots me vinrent aisément. En bons Japonais, ils se confondirent en excuses – à dire vrai, ils me semblèrent tous plus affligés que moi. Ils prirent comme résolution de briser cette funeste routine (cette expression, c'est d'eux), et « Ishii » redevint le *daimyo** de ces terres négligées : mon corps, ma conscience.

◡

Cette ultime rencontre, c'était il y a trois mois. J'ai d'abord passé deux semaines d'euphorie, de véritables renaissances. Je commençais enfin à m'accepter, et tout semblait quelque peu diaphane, laissant s'imbiber les objets, mais plus encore les visages, d'une lumière nouvelle. Même les nuages étaient moins denses. Mes vêtements semblaient plus légers, et la nuit venue ma taie d'oreiller était d'une douceur affectueuse.

Deux semaines. Quatorze jours très exactement.

Le quinzième jour au réveil, je fus assailli par le doute.

Quelque chose manquait. Oh, rien ne manquait à mon habit, rien ne manquait à

---

* *Daimyo* : seigneur du Japon féodal.

l'appartement. Quelque chose manquait à ma vie. Pire : quelque chose manquait à *la* vie. Et cela manque toujours. Un disparu. Un disparu qu'on ne connaissait peut-être pas, mais qui dérange quand même par son absence…

Qui sait ? Est-ce ce légume – comment on dit déjà, *na-vet* ? –, est-ce ce légume que j'ai complètement cessé d'ingurgiter depuis ma confrontation avec les copains ? Ou est-ce plutôt le *nom* ?

J'hésite encore.

M'enfin. Hier soir, j'avais l'intention de me remonter un peu le moral. Je m'étais loué un western et j'en étais à me préparer un bœuf aux poireaux lorsque le téléphone sonna.

C'était un ancien de la petite école qui me conviait à une soirée de retrouvailles. À peine avions-nous échangé quelques phrases que j'avisai ma casserole.

J'avais laissé le feu au maximum.

Mes poireaux étaient ruinés.

Le téléphone dans une main, je me penchai au-dessus du poêlon. Mon attention se figea sur le bouton de la gazinière. Je me tenais ainsi pensif, muet et parfaitement immobile depuis un moment, si bien que l'homme au bout du fil s'exclama :

— Ishii ? Ishii-san, vous êtes toujours là ? Ishii… ?

S'animer

« *Peu à peu, le flot bariolé de la foule a perdu de sa densité. Comme des coquillages sur le sable sec, la couleur des corbeilles à détritus, des écriteaux, des bancs allait se fanant. Je me suis assis sur l'herbe piétinée d'une pelouse, les bras autour des genoux. Et puis soudain, j'ai eu sous les yeux un banc ; et sur ce banc, assis tout près l'un de l'autre, un jeune couple. Qui ? [...]* »

« *Le cœur battant, je m'apprêtais à dépasser la boutique tout en lorgnant de biais la vitrine [...].* »

— ABE Kôbô, *Kabe* (*Les murs*)

Elle était là, dans la vitrine de chez Chanel.

Je rendais visite à mon plus jeune frère, Kazuo, installé à Bruxelles depuis trois ans. Il habite le quartier Ixelles, et c'était ma première balade dans les environs lorsque je me retrouvai sur la chic avenue Louise. C'est là que Gucci, Louis Vuitton, tous ceux-là, ont élu domicile. Gucci,

Vuitton… Gucci, Vuitton, et puis Chanel. Et elle était là, juste là dans la vitrine, le regard observant les nuages.

Jamais de ma vie n'ai-je vu une femme avec le teint aussi parfaitement homogène. Sa peau était tellement lisse et brillante qu'on l'aurait crue faite de lapis-lazuli, douce surface à laquelle on aurait appliqué, par endroits seulement, une fine toison d'or. Elle se tenait immobile dans une position qui frôlait l'indécence – mais ça, me direz-vous, c'est l'opinion d'un vieux Japonais, sans doute un peu sénile.

Kazuo m'avait invité pour le dîner, et comme il est déconseillé de faire attendre son hôte, je dus reprendre le pas. Mais ces yeux, qui toujours souhaitaient l'espace bleu, ah !, les yeux d'une rêveuse…

Le lendemain, j'ai constaté la présence d'un homme à ses côtés. Étais-je simplement trop absorbé la veille ? Quoi qu'il en soit, il était là lui aussi – et plus près d'elle que moi – ce grand blondinet en complet de luxe. Je l'imaginais déjà, ce gars plutôt riche mais sans culture aucune, qui n'a lu qu'un bouquin de l'équivalent français de Tanizaki, histoire de prouver qu'il sait lire. Mais en vérité il n'a pas plus de conversation qu'une ombrelle en papier, trop occupé à dépenser son argent sur les vêtements, les voitures. Il n'a que vingt ans, me direz-vous, mais je n'ai jamais accepté que la jeunesse pardonne l'imbécillité.

N'empêche, il était beau.

L'aimait-elle ? Je ne crois pas. Ou plutôt, elle ne *pouvait pas*. Pas alors que j'étais là, à péniblement remonter l'avenue Louise de mes jambes endolories, chaque jour, rien que pour la voir.

Au début, j'éprouvais une violente jalousie à l'égard du jeune homme. J'aurais voulu faire éclater la vitrine d'une brique et le pousser dans la rue. Je pensais : « Cette place à ses côtés me revient. Aucun autre homme ne peut l'aimer aussi purement, et rien au monde ne serait plus normal qu'elle et moi, dignes et sans regret, nous nous installions là pour regarder la Roue du Temps tourner, pour être les ultimes témoins des morts et des naissances au rythme des saisons. » Mes pensées se formulaient vraiment de façon aussi théâtrale.

Mais – et c'était au moins ça de gagné –, ma jalousie s'estompa. Il faut dire qu'après toutes ces heures passées à la contempler, jamais elle ne jeta ne serait-ce qu'un bref coup d'œil au jeune homme. Et moi, toujours j'étais plongé, je nageais parmi les fleurs dorées de ses vêtements de soie azur, sous lesquelles j'imaginais avec une acuité prodigieuse la courbe parfaite de ses seins de jeune fille.

◡

Le mur érigé entre les mondes du rêve et de la réalité me semblait se réduire en poussière.
Un après-midi, je m'endormis
devant la vitrine de chez Chanel.

◡

Au XIe siècle vivait un moine nommé Eikan.

Un jour qu'il priait avec ferveur, il se rendit compte que le Bouddha était assis à ses côtés. Confus, Eikan s'interrompit. Le Bouddha se tourna alors vers lui et l'interrogea :

— Dis, Eikan, pourquoi t'arrêtes-tu ?

Le moine répondit qu'il voulait seulement s'assurer qu'il ne rêvait pas.

Cette scène est si touchante, qu'à mi-parcours entre le Pavillon d'Argent et le Nanzen-ji, où se trouve le Temple Eikan-do, l'on vient encore admirer *Mikaeri no Amida*, statue du Bouddha regardant par-dessus l'épaule du moine*.

---

*   Il s'agit du Zenrin-ji, situé sur le Chemin de
la Philosophie, en région de Kyoto.

J'aime bien cette histoire. Mais l'unique raison pour laquelle je vous la raconte, c'est afin que vous ayez en tête cette image : celle d'un homme qui croit rêver. Car j'ai dû avoir la même réaction que Maître Eikan lorsque j'entrevis deux mots : « EMPLOYÉ DEMANDÉ ».

Deux mots, gravés sur une plaque dorée, placée discrètement dans le coin inférieur de la vitrine, presque à ses pieds à elle – devais-je y voir un signe ? Ces deux mots étaient porteurs d'une puissance divine, véhiculant la possibilité de changer radicalement ma vie. Je pourrais alors, pensai-je, je pourrais alors passer mes journées entières à ses côtés, à lui parler, doucement...

C'était donc inévitable. L'insoutenable logique d'une vie affligée par les passions fit en sorte que le lendemain, je rencontrais déjà le gérant de boutique. L'entrevue me fut des plus pénibles. Je maîtrisais mal la culture belge, et j'avais la ferme conviction qu'il me trouvait trop vieux pour travailler auprès de la clientèle du quartier. Trop vieux... Le malaise atteignit son apogée lorsque la question fatale fit son apparition :

— Et... (il avait d'abord hésité), *et pourquoi désirez-vous travailler pour Chanel ?*

Il a dû trouver mes explications un peu confuses.

J'avais tout perçu dans son regard. Aussi, à la fin de l'entrevue, je lui serrai la main et lui demandai calmement :

— Soyez honnête : je n'ai aucune chance, c'est bien ça ?

Je ne lui en voulais pas. Après tout, qui aurait engagé un vieil homme qui parlait alors assez mal le français, et qui ne s'y connaissait qu'en poésie japonaise ?

Non, je ne lui en voulais pas, et pourtant un sentiment mal défini naissait en moi. Un volcan avait fait irruption, trois largeurs de doigts sous le nombril, et la lave atteignit presque instantanément mes tempes. Les quelques secondes nécessaires pour traverser la boutique – du bureau du gérant jusqu'à la sortie – me semblèrent une éternité. Du coup, j'avais vieilli d'autant d'années que de secondes, et je sentais déjà l'haleine scabreuse de la mort. En cet instant précis, pétrifié à deux pas de la sortie, je fus pris d'assaut par une terreur unique : *et si la mort nous séparait trop tôt, elle, toute jeune, et moi, le fou ? Ne serait-ce pas toujours trop tôt ?*

Je contemplais Amélie (c'est le nom que je lui avais donné, en attendant de connaître son nom véritable), je la contemplais en me disant que c'était peut-être la dernière fois. Et cette pensée aidant, je fus pris de vertige. Devais-je la ravir, sous les yeux ébahis de tous ? Devais-je la ravir et l'emmener au loin, toujours plus loin, jusqu'au pays des cerisiers en fleurs ?

Je m'approchai pour la toucher. Toucher sa peau, rien qu'une fois… Je m'approchai, à la manière furtive d'un chat, et tendis la main… Au tout dernier instant, j'hésitai, je sortis de la boutique en courant aussi rapidement que mes vieilles jambes me le permirent, me promettant de rentrer à Tokyo dans les plus brefs délais et de ne jamais remettre les pieds en ce pays où je m'étais affreusement humilié.

Deux ans plus tard, c'est-à-dire il y a très exactement une semaine, je marchais dans le quartier d'Asakusa à Tokyo. Je voulais y faire ma visite annuelle au Senso-ji. Les rues y sont toujours animées, mais cette journée-là, il y avait tellement de monde que je m'exténuai rapidement. Il faisait chaud et j'avais de la difficulté à me déplacer. J'achetai une canette de thé au distributeur et m'assis dans une aire de repos. Quelques oiseaux pépiaient, une quinzaine de voyageurs étaient assis en groupes de trois ou quatre, des personnes âgées surtout. D'aucuns grignotaient des sucreries avec un sourire espiègle. Un peu confus, je regardais les centaines, les milliers de marcheurs qui passaient devant moi en direction du Senso-ji. Il y avait là d'innombrables appareils-photo, prêts à capter un angle ou l'autre du plus ancien temple bouddhique de Tokyo. De voir tous ces gens arriver, parfois par autocar, était étourdissant.

Je me disais que j'aurais plus de calme tout près, sur la rive de la Sumida. Je finis de boire mon thé et me levai lorsque je croisai le regard d'une femme, regard curieusement familier. Oh, pendant un moment, mon esprit voulut me jouer un mauvais tour, prétendant ne pas la reconnaître… Sans même m'en rendre compte, j'essayai délibérément de regarder ailleurs, de porter mes yeux sur le temple, sur le distributeur, sur mes souliers. Mais rien n'y fit, mon regard se reposa instantanément sur la femme, qui pendant cinq ou sept secondes s'était nettement démarquée des autres marcheurs. Les fleurs dorées de ses vêtements quittaient déjà mon champ de vision ; elles avaient rendu l'ironie dans une plus grande finesse.

Après tout ce temps, je croyais mon cœur apaisé. Mais cette apparition fit s'élever en moi un maelström de sentiments amoureux, plus forts que jamais.

Je devais en avoir le cœur net. C'est ainsi que je dus briser ma promesse, car trois jours plus tard, je prenais l'avion pour Bruxelles. Je n'avais pas même prévenu mon frère, et cela n'avait aucune importance puisque je me rendis directement avenue Louise.

Et j'avais raison.

Je regardai la vitrine, ils étaient là. Tous, sauf elle.

Je m'appuyai sur un banc non loin, et pleurai de longues minutes. Je pleurais de joie, car depuis je suis investi d'une noble mission : la retrouver.

Demain, je rentre au Japon. Retracer un visage à Tokyo, me diront certains, relève du miracle. Mais elle m'attendra. Elle a bien fait tous ces kilomètres pour me revoir, non ? Oui, je saurai la retrouver, car l'amour est plus fort que tout.

N'est-ce pas la force de l'amour qui la fit s'animer ?

Le Grain noir

« *Petit à petit, de grosses taches d'ombre commençaient à absorber la tiédeur du soleil. À cette heure-ci, il y avait toujours un moment incertain au cours duquel je ne savais pas si mes paupières étaient baissées ou non. Tout en suivant l'ombre de tout ce qui se trouvait dans la pièce, j'ai énuméré les bases de ma normalité.* »

— Ogawa Yoko, *Agehachô ga Kowareru Toki*
(*La désagrégation du papillon*)

I

Encore un peu endormi, Hotaka regardait ses céréales chaudes.

Nombre de *shôsha-man*, c'est-à-dire les hommes de commerce dont faisait partie Hotaka, optaient désormais pour un repas accéléré, façon occidentale : toasts et café*. Notre homme, quant

---

* Le petit-déjeuner japonais typique est essentiellement constitué de riz vapeur, d'une soupe *miso* (qui souvent

à lui, mangeait exclusivement des céréales de marque *Red River*, qu'un cousin établi au Canada lui envoyait par courrier prioritaire. « C'est mon seul luxe », se répétait-il souvent, comme pour se déculpabiliser des frais d'envois vertigineux.

Encore un peu ramolli, Hotaka jouait avec ses céréales chaudes. Blé concassé, seigle concassé, lin entier. Blé, lin, seigle… Seigle, blé – suivi cette fois d'un énorme grain noir, enfin *énorme*, comparativement aux autres grains, mais assez petit tout de même pour qu'il ne l'ait pas vu plus tôt. Il crut d'abord à un insecte, mais non, c'était impossible, pas dans une boîte de *Red River*. Qui sait, le grain était peut-être dans son bol avant même qu'il n'y mît les céréales ?

Quoi qu'il en soit, Hotaka en fut à peine surpris. Il posa le grain mystérieux sur le napperon sans plus d'investigation et termina vitement son déjeuner. Lorsqu'il entreprit de faire la vaisselle – considérant son emploi du temps, c'était presque un excès que d'encore la faire à la main –, il secoua le napperon au-dessus de l'évier : grains et miettes tombèrent, tous sauf un. Le grain noir collait, luttait, se cramponnait stupidement. Hotaka dut

remplace le café), et de petits à-côtés : fèves de soya fermentées, algues séchées, omelette roulée à la sauce soya, prunes *umeboshi*, morceaux de poisson grillé…

enfin le prendre dans ses doigts – il était visqueux, ce grain – pour le balancer au fond de l'évier.

Un peu plus réveillé, il est vrai, mais toujours aussi ennuyé par l'idée d'une rencontre de plus, la millionième au moins, avec d'autres hommes d'affaires pour discuter de l'important sujet de l'exportation des stylos, Hotaka quitta son appartement en direction du quartier d'Akasaka.

II

Le matin suivant. Même heure, même attitude, mêmes céréales.

Hotaka avait oublié l'épisode du grain noir.

L'anicroche du matin – car il fallait obstinément qu'il y en ait une –, c'était le doux parfum des ordures. Elles sentaient franchement mauvais, et le *shôsha-man* les sortit avant d'aller au travail.

Au soir pourtant, l'odeur persistait encore. L'appartement exigu n'avait pas été assez aéré pendant la journée. Hotaka ouvrit porte et fenêtre (la marque du pluriel n'a pas lieu d'être, puisqu'il n'y en avait qu'une), et brûla un long bâton d'encens.

En dépit de son jeune âge, il semblait qu'Hotaka s'épuisait rapidement.

Le lendemain matin, avant même de penser aux céréales, il fut surpris par la mauvaise odeur, tenace. De toute évidence, le sac d'ordures de la veille s'était percé, et un peu de « jus » s'était retrouvé au fond du panier. Hotaka n'avait cependant pas le temps d'entamer un nettoyage intégral du récipient, il se dit qu'il s'en occuperait en rentrant du travail. Comment ne pas être enthousiaste : travailler pendant dix, onze heures à analyser lesquels, d'entre les stylos bleus ou les rouges, s'exporteraient mieux au Luxembourg – et puis rentrer, et devoir nettoyer le bac à ordures…

Il s'était comme affaissé sur de sombres pensées, lorsqu'en s'approchant de l'évier, il réalisa que c'était plutôt de là que venait l'odeur. Il pressa deux ou trois coups de pompe, mettant une quantité de savon à vaisselle, et rinça à fond.

Ses collègues, bien sûr, l'attendaient déjà. Il n'était pas en retard. On se demandait pourquoi il n'était pas à l'avance, comme tout le monde.

III

Le soir même, Hotaka reçut comme une violente gifle en ouvrant la porte : l'odeur, pire encore. Comme si la journée n'avait pas été assez pénible.

Il était impossible de définir adéquatement le relent infect, quasi pestilentiel, qui régnait en maître dans le logement. De vieux déchets, du poisson pas frais, un bout de tissu trop longtemps imprégné de bave de chien – non, il n'y avait décidément aucune comparaison valable.

Hotaka se rendit compte que le drain du lavabo était bouché, qu'en fait une eau noirâtre en était remontée, d'où les miasmes morbides. Il en vint donc à laver, pendant plus d'une heure cette fois, à rincer, savonner, curer, récurer, décrasser, …, jusqu'à ne plus percevoir aucune trace de l'odeur nauséabonde.

Il s'endormit, exténué, n'ayant aucune idée de ce qui l'attendrait au réveil.

⌣

Pendant la nuit, une petite pousse était sortie du drain du lavabo.

Au fond de l'évier, une tige énigmatique, sombre, à la feuille bleutée.

En dépit de son flagrant manque de sommeil, Hotaka comprit instinctivement. « Le grain noir ! s'exclama-t-il. Il a dû coller aux parois du tuyau, germer, pousser… Sans terreau ni lumière, est-ce seulement possible ? »

Toujours est-il qu'il y avait bien là une pousse, une presque fleur.

Certains auraient trouvé cela mignon. Hotaka quant à lui, qui voyait là l'unique responsable de ses malheurs, et en particulier de la fétidité de l'appartement, l'arracha sans pitié.

⌣

Ce jour-là, il avait rendez-vous avec l'imprimeur afin de discuter d'un nouveau modèle de carte de visite.

L'imprimerie du vieil Akira était presque un temple. Les puissantes machines étaient disposées à l'arrière, dans une pièce triplement insonorisée, afin que le client ne soit pas incommodé par le bruit. L'endroit était toujours d'une propreté inégalée – le contraire aurait certainement prouvé un manque de professionnalisme. Akira avait même fait installer de petits rafraîchisseurs d'air, et à bien y porter attention, l'on pouvait y discerner trois parfums distincts, quoique subtils et en parfaite harmonie : bambou frais, jeunes pousses de thé vert, gingembre.

Mais le pauvre Hotaka demeurait l'esclave de ses glauques pensées. Les jours et les heures passant, les frustrations champignonnaient. Frustrations professionnelles d'abord, mais d'une part seulement. En outre, il était devenu obsédé par l'odeur pestilentielle de son appartement. La fixation avait quelque chose d'enivrant, ça en était à ne plus savoir précisément si c'était ses pensées qui le pourchassaient, ou lui, Hotaka, qui traquait avidement ses pensées. Il faut dire que l'épisode de la pousse bleutée au fond de l'évier avait quelque chose de si mystérieux – tout cela appartenait-il au domaine du rêve, de la folie ?

Le vieil Akira était un homme sagace : il avait délicatement demandé à son assistante de choisir le thé en fonction de l'état d'agitation de son client. Mais il allait bientôt se rendre compte que cette tentative était vaine.

En effet, Hotaka comparait deux modèles de carte de visite, lorsqu'il fut soudainement pris de vertige. Sur un des modèles, les mentions des champs d'expertise de la société étaient toutes précédées d'un point noir, et ces points avaient exactement, *exactement* la forme du grain maudit. Il y avait là, devant ses yeux, autant de grains noirs prêts à lui ruiner la vie à coups d'odeurs fétides. Un moment, il revit l'étrange eau noirâtre qui était apparue au fond de l'évier, et il eut l'impression que cette même eau remplissait tranquillement ses poumons. Les parois jadis si frêles de son appareil respiratoire se doublaient d'une croute huileuse ; un marécage aussi dense que de la mélasse noire emplissait son être. Son système nerveux prit soudain l'apparence d'un fol enchevêtrement de racines. Le cœur tentait de pomper la mélasse par secousses douloureuses.

L'oxygène manquait. Il voulait, il devait sortir. Il franchit le seuil de la porte au pas de course, le vieil Akira et son assistante en étaient médusés. Une fois dans la rue, Hotaka prit instinctivement la direction du métro. Il se rendait chez lui.

IV

Du corridor déjà, Hotaka savait ce qui l'attendait. L'odeur était plus forte encore, mais surtout, et le plus étrangement du monde, une nouvelle pousse avait vu le jour. En quelques heures seulement, une grande fleur en avait éclos. La fleur lugubre semblait l'observer, tenace.

Elle se moquait de lui.

Hotaka entra dans une vive colère. Tous ses muscles se raidirent. Partout sur la prunelle de ses yeux, des pigments se révoltèrent et reflétèrent le bleu sombre, légèrement ambré de la fleur. Une poudre saphir s'était-elle brusquement envolée des pétales, de la limaille de pollen était-elle venue se coller sur sa cornée ? Hotaka ne réalisait pas qu'il changeait, que d'une façon ou d'une autre, il n'était plus le même homme qu'au matin.

Il se mit à défaire rageusement le tuyau du lavabo. Le conduit était rempli de solides racines, des racines terreuses et visqueuses et noires et puantes. Hotaka remonta alors les tuyaux, d'abord derrière le comptoir.

Puis, dans le mur…

Mais jusqu'où pouvaient bien se rendre ces racines ?

À l'aube, la poussière commençait à se poser, d'énormes grains de poussière tombant paresseusement, de la farine de bois, des résidus de plâtre. Hotaka était assis à même le sol, adossé au comptoir de cuisine juste vis à vis du lavabo.

À sa droite, le pied-de-biche.

L'appartement était méconnaissable. Des lattes de bois fendillées jonchaient le sol, des pans entiers de murs s'effritaient. Toutes les portes d'armoires étaient demeurées ouvertes, et deux ou trois d'entre elles avaient été arrachées.

Hotaka savourait le repos du corps. Son cœur reprenait un battement régulier, le sang pompait. De la fenêtre, quelques rayons de soleil vinrent éclairer ses lèvres poussiéreuses, puis descendirent lentement vers le bol qu'il tenait dans ses mains. Des rayons vaporeux, diaphanes, tout frais.

Il mit un temps à comprendre ce qui lui arrivait. Le cœur humain a parfois une curieuse façon de s'emplir à la fois de désespoir et de bonheur.

Hotaka se mit à remuer ses céréales chaudes pour les faire tiédir.

À propos de la dent de requin

Cher père,

J'espère que tu ne m'en veux pas trop de ne pas t'avoir écrit l'année dernière. Depuis dix ans, je t'écris toujours une lettre pendant la période de l'o-hanami*, mais cette fois avec notre mariage en mars, nous avons été très occupés Myriam et moi. Je sais que tu préférais les fleurs du prunier à celles du cerisier, alors pour la cérémonie, nous avons choisi un parc qui t'aurait plu. Trois allées de pruniers embrassaient l'enceinte, ceux de droite étaient particulièrement grands. Myriam était tellement souriante, je t'envoie une photo.

Peut-être as-tu beaucoup de temps libre, je ne sais pas. En tout cas, tu sais que je ne suis pas très doué

---

* Le *hanami* (*o hanami* avec préfixe honorifique) est la coutume japonaise de contempler les fleurs, principalement au moment de l'année où les cerisiers (*sakura*) sont en fleurs (à partir de la fin du mois de mars ou du début d'avril). La floraison des pruniers précède celle des cerisiers ; celle des pêchers lui succède.

pour écrire des longs textes. Plutôt que de te parler du mariage (tu en as toi-même vécu deux, alors tu dois avoir une bonne idée), je voulais te raconter un truc qui m'est arrivé récemment. Ça va sûrement te faire sourire.

Je crois que la première fois que je me suis réjoui du malheur d'autrui, j'avais sept ans. Tu te souviens, nous habitions alors à Shiki, dans Saitama. Une nouvelle étudiante venait d'arriver ; c'était une des seules occidentales de l'école. En tout cas, c'était la seule rousse. Tu te doutes bien que les premiers mois, les autres enfants l'ont exclue. Mais moi, j'étais un peu amoureux de cette fille. Et au fond, j'étais content que les autres la rejettent, je croyais pouvoir la garder pour moi seul. Je pense que c'est ça, le premier moment où je me suis réjoui du malheur de quelqu'un.

Enfin, cette fille, c'était Myriam. Je ne t'en avais pas parlé à l'époque, et tu comprendras bientôt pourquoi. De toute façon, tu savais qu'on s'était rencontrés tout jeunes, alors j'imagine que ça n'a pas trop d'importance.

Te souviens-tu d'une dent de requin que tu m'avais offerte ? Je crois que c'était un requin blanc. Tu m'avais dit que c'était rare, que je devais y faire très attention.

Mais dès le lendemain, j'étais tout excité, j'avais envie de montrer ma dent de requin à la petite fille rousse. À la récréation du matin, je lui ai fait voir en lui disant que c'était une des choses les plus rares au monde. J'avais sans doute exagéré, j'étais enfant, mais c'était vraiment devenu un trésor pour moi.

Quinze ou vingt minutes plus tard, dans la classe, j'essayais d'attirer l'attention de la fille en faisant des gestes furtifs ; je lui montrais secrètement ma dent de requin. Je devais avoir l'air d'un petit singe ! Tout agité, j'ai par mégarde laissé tomber mon trésor. La dent s'est brisée en deux morceaux. Je me souviens m'être étonné qu'elle casse aussi facilement.

En rentrant à la maison, j'étais allé te voir et j'avais éclaté en sanglots. C'est pour ça que je ne t'avais pas parlé de Myriam, j'avais trop honte de t'expliquer la façon dont les choses s'étaient passées. Je t'avais simplement dit que la dent de requin était tombée de mon sac. Alors toi, tu avais fait semblant d'être fâché (à bien y penser, je crois que la seule fois où je t'ai vu vraiment en colère, c'est quand tu as appris, pour maman). Tu m'avais sermonné affectueusement, puis tu m'avais incité à toujours conserver la dent cassée pour me souvenir d'être vigilant.

Je l'ai toujours gardée. Devenu adulte, j'ai souvent dû changer d'appartement ; souvent, je me suis retrouvé avec moins d'espace. Ou avec la sensation d'avoir moins d'espace, ce qui revient au même. À chaque déménagement, je dois épurer, me débarrasser de babioles. Lorsqu'inévitablement je retombe sur ma boîte de souvenirs, ça me fait un drôle d'effet. Une fois, j'avais vu un film américain où un couple conservait toutes leurs photos dans une vieille boîte de souliers. J'avais décidé de faire pareil, mais ça n'a duré qu'un an : même la boîte prenait trop d'espace. J'ai dû changer de boîte deux ou trois fois pour une plus petite.

Elle ne contient presque plus rien. Un portrait de maman. Un livre jeunesse, une édition minuscule de l'histoire de Momotarô. Un souvenir de mon premier voyage sur Okinawa, adolescent : j'y avais croisé l'écrivain Ikezawa Natsuki et il avait accepté qu'on nous prenne en photo, étonné qu'un jeune le reconnaisse. Une amulette achetée tout près du Sengaku-ji lorsque tu m'avais emmené voir les tombes des 47 ronin. Et puis, une moitié de la dent de requin.

Je n'ai jamais su où était passé l'autre morceau.

Ce qui est intéressant, c'est qu'au fil des ans et des déménagements, les souvenirs ont tordu un peu l'histoire de la dent de requin, et j'en suis venu à donner au symbole une tout autre valeur. La dent cassée, ce n'était plus pour me souvenir d'être vigilant, mais pour me rappeler de ne jamais souhaiter de tort à autrui. Quand j'y repense, je trouve que c'est très lié.

Il y a trois jours, j'ai rouvert ma boîte de souvenirs. Nous nous préparons encore à déménager, mais cette fois c'est différent. Nous changeons de continent. Myriam a eu un poste important en Bretagne et j'ai pris la décision de l'accompagner.

Elle et moi, nous ne nous disputons presque jamais. C'est l'harmonie, je suis heureux que ce soit ma femme. Je suis amoureux, tu sais ? Pourtant, et sans doute à cause du stress du déménagement, nous nous sommes un peu échauffés et elle est partie prendre une marche. J'ai recommencé à faire du ménage en attendant, et c'est là que j'ai retrouvé ma boîte.

J'étais un peu nostalgique. En prenant la dent cassée, toutes sortes d'émotions ont refait surface. Ce bout de requin évoquait mes idéaux de vie, et surtout, il me faisait penser à toi, papa. Pourquoi, hein ? Pourquoi ? Un de mes amis a eu 40 ans la semaine passée et il a encore son père, lui.

Je serrais la dent de requin dans ma paume et pensais à plein de choses. Je me disais que si je l'avais toujours gardée sur moi, comme tu me l'avais conseillé, je n'aurais peut-être pas fait pleurer Myriam.

Je suis sorti de l'appartement, j'avais envie de prendre un peu d'air.

Je marchais en direction de l'arrondissement de Nakano, sans but précis. À la hauteur d'un arrêt de bus, une vieille dame m'a fait un sourire radieux. J'ai réalisé que je n'avais pas pris le bus depuis longtemps, alors spontanément j'ai décidé de monter à bord du premier qui s'est présenté. Je ne sais plus dans quelle direction nous allions, peut-être vers Shibuya.

Peu importe où j'allais descendre, je n'avais qu'à marcher vers la station de métro la plus proche, et j'allais rentrer à temps pour le souper. Je me disais que Myriam allait apprécier si je faisais la cuisine. Ou peut-être allais-je acheter un petit plat à l'épicerie… Je salivais déjà à l'idée du dessert lorsque des rires m'ont sorti de ma rêverie. Au fond du bus, un adolescent plaisantait.

J'ai compris ce qui se passait. Une fille, peut-être un peu plus jeune que l'adolescent en question, était tombée sur les fesses en plein milieu de l'allée. Elle portait des lunettes particulièrement épaisses, elle avait la peau grasse et ses bras étaient potelés ; elle tentait de soulever un sac énorme. Ses gestes étaient maladroits et l'adolescent se moquait d'elle.

Le bus était presque vide, il n'y avait personne entre eux et moi. Je me suis levé, j'ai aidé la jeune fille à se remettre sur pieds. Les mots qu'elle utilisa pour me remercier étaient si polis qu'ils auraient pu être adressés au président d'une grande entreprise ; c'était un peu trop et cela fit encore rire l'adolescent.

La jeune fille a appuyé sur le bouton pour descendre au prochain arrêt. Je me tenais debout près de la porte, et en glissant la main dans ma poche, j'ai senti la dent de requin. Je l'avais apportée sans m'en rendre compte.

Juste avant que le bus arrête, il m'est venu une idée folle. Je suis allé voir l'adolescent, je l'ai regardé droit dans les yeux et lui ai donné la dent cassée. Sans dire un seul mot. Puis, j'ai aidé la fille à descendre son sac. Une fois dehors, je lui ai demandé si elle avait besoin d'un coup de main, elle m'a répondu que non, que sa mère viendrait la chercher. Je l'ai donc saluée et me suis mis à marcher.

Le bus venait de repartir ; je lui faisais dos, mais j'ai entendu une fenêtre s'ouvrir. Puis, quelque chose comme un petit caillou me frappa à la tête. J'ai été un peu surpris, bien entendu, mais je ne me suis même pas retourné ; j'ai continué ma marche en rigolant. Le soleil commençait à décliner, je ne savais pas exactement où se trouvait la station de métro la plus proche, mais le coin était magnifique avec ses ruelles bordées de ginkgos.

N'empêche, quand je suis rentré ce soir-là, je me suis senti un peu bizarre. Myriam et moi, nous nous sommes vite réconciliés, mais il y avait les préparatifs du déménagement, et le fait que je me sois débarrassé d'un objet que je conservais précieusement depuis mon enfance... Tu n'es pas fâché, dis ?

Je ne saurai jamais si ce qui m'a frappé ce jour-là était bien un petit morceau de requin. En tout cas, je me suis toujours demandé ce qui s'est passé dans la tête de l'adolescent, lorsque je lui ai remis la dent cassée.

Bon, c'est pas dans mes habitudes d'écrire aussi longuement. D'autant que Myriam m'appelle. Mais je pense à toi et j'essaierai de t'écrire lorsque nous serons installés en Bretagne.

PS : N'oublie pas la photo, tu peux la montrer à maman.

Je suis fier d'être ton fils.

Takashi

Pour cent jours de neige

« Je ne vois plus de différence nette entre ce qui existe et ce qui n'existe pas. Je regarde par la fenêtre. Jusqu'à ce que le ciel pâlisse, que les nuages disparaissent, que les oiseaux se mettent à pépier, qu'un nouveau jour se lève, secouant ensemble les consciences des habitants de cette planète. »

— MURAKAMI Haruki, *Supûtoniku no koibito*
(*Les amants du Spoutnik*)

I

La tour des bureaux de la célèbre entreprise de *puretaporute** avait été presque entièrement consumée par les flammes. Plus précisément, l'enfer avait débuté au troisième étage, puis la chaleur avait gagné les hauteurs, se faufilant rapidement par les cages d'escaliers et les ascenseurs. Les pompiers n'avaient eu le temps que de sécuriser les bâtiments adjacents, et la tour s'était

---

* *Puretaporute* : du français *prêt-à-porter*.

effondrée de l'intérieur. C'était à l'aube, dans un quartier principalement résidentiel, et l'on tint pour miracle le fait qu'il n'y eut aucun mort.

Très vite, l'on comprit que ce « miracle » n'était que le précurseur d'un effarant chaos dans le sud de l'arrondissement de Setagaya.

⌣

C'était un dimanche, deux jours après l'incendie. Un 15 de juillet où le soleil agressait les vivants disséminés tant bien que mal sous de fragiles ombrelles, et où l'air était particulièrement lourd. Nos corps étaient poisseux et l'oxygène se raréfiait. Notre enthousiasme s'accordait à un baromètre d'un genre particulier ; peut-être les plus sages reconnaissaient-ils encore quelques bulles d'un bonheur famélique. Je me souviens même m'être sérieusement demandé s'il était possible qu'à la longue notre chair se mette à cuire.

Il était midi et je venais de quitter mon bureau. Depuis six heures du matin, j'y travaillais à la rédaction d'un rapport dans la fraîcheur relative d'un système de climatisation moyenâgeux. Il était midi, et pour la troisième fois déjà, j'allais devoir changer de chemise.

Je marchais en direction de mon appartement. À la hauteur de la *Nippon Sport Science University*,

j'attendais de traverser un carrefour lorsque j'aperçus le premier. Il tombait lentement, il semblait
n'avoir que faire du temps, il tombait lentement
et vint se poser sur ma mallette.

Le premier flocon de neige.

⌣

Monsieur O, président-directeur de la compagnie
de *puretaporute*, avait complètement perdu la tête
en direct à la télévision.

Quelques mois avant le grand brasier qui
devait rapidement mettre un terme à cet ambitieux
projet, la construction de la tour avait enfin été
achevée, et c'est alors seulement que Monsieur O
fut critiqué de toute part.

« Pourquoi ce mégalomane s'acharne-t-il
ici ? » maugréaient les uns. « Ça nous ruine la vue,
ce truc immense ! » grommelaient les autres. Et
sans doute n'avaient-ils pas tort, puisque l'architecture de la tour allait à l'encontre des principes
esthétiques les plus rudimentaires. Il y avait là
comme une ironie agaçante pour une entreprise
dont le chiffre d'affaires dépendait précisément
du *style*.

Mais le dirigeant n'avait pas renoncé, et les
grands designers de toutes les préfectures vinrent
rapidement s'installer dans la tour.

En plus des pressions de la communauté, Monsieur O dut faire face à des calamités variées : maladie d'un des cadres supérieurs, infestation d'un insecte tout à fait bénin et pourtant des plus persistants, mésentente avec un important fournisseur de textile. Le patron avait tout avalé, et goulument. Il semblait même s'enorgueillir de son endurance au stress. Il semblait en contrôle.

Jusqu'à ce que tout soit réduit en cendres.

Un journaliste inexpérimenté lui avait posé une question délicate. Et Monsieur O avait implosé, comme sa tour. Il s'était détourné du journaliste et avait posé un regard furieux vers la caméra. Il avait accusé les habitants du quartier, leur rappelant le mauvais accueil qu'ils firent à l'une des plus prestigieuses entreprises nationales. Ce disant, il avait manifesté un courroux hors du commun, comme on en voyait seulement dans les histoires de fantômes vengeurs. Une vue en coupe de son cœur aurait alors offert une vision cauchemardesque, des teintes violettes et ombrageuses, des poussées bestiales.

Le responsable de la chaîne de télévision s'en était voulu de ne pas l'avoir censuré à temps. Parce que Monsieur O avait ensuite dit quelque chose d'à la fois horrible et troublant, parce que parfaitement incompréhensible. Il avait levé un doigt dans un geste prophétique.

Il n'avait pas dit : « Vous allez passer des jours noirs, très noirs. »

Ses mots avaient été : « *Attendez-vous à passer des jours blancs.* »

Il neigeait depuis plus d'une semaine. Seulement quelques flocons épars, qui tombaient nonchalamment. C'était exactement, et constamment, comme des *premiers* flocons. Le mois de juillet passa tel un long, un très long début de neige.

En fait, c'était de la cendre.

D'infimes particules de cendre blanche provenaient des débris de la tour et se déposaient négligemment sur la ville. Depuis plus d'une semaine qu'il en tombait et ça n'allait pas s'arrêter de sitôt. La structure de la tour calcinée était immense, labyrinthique. Sa réserve de cendres semblait inépuisable.

Quant à nous cinq, nous gardions jalousement un tout autre trésor.

C'était notre assemblée bimensuelle. Le rendez-vous du *Club des amateurs de Baywatch*.

Nous étions cinq *sarariman*, cinq salariés à travailler pour la même entreprise. Je crois qu'à l'exception des membres de notre petit club, tous les travailleurs de cette firme chérissaient les trois passe-temps du *sarariman* parfait : l'alcool, le golf et le *mah-jong**. Un jour, épuisés, nous paressions à mon appartement à boire du saké et le plus jeune d'entre nous avait enfin osé le dire.

Il s'était mis debout sur le canapé et avait déclaré : « Aux chiottes, le mah-jong ! »

Cette même soirée, Pamela Anderson et Yasmine Bleeth firent leur apparition dans nos vies.

À Setagaya, l'attitude des marcheurs avait changé. Beaucoup déambulaient d'une façon légèrement anxieuse, jetant de ponctuels regards au ciel. Le ciel incertain, le ciel d'août qui laissait encore flotter un duvet poudreux. On entrait dans le métro et l'on n'osait pas regarder les vêtements d'autrui. Ils étaient couverts d'une fine suie blanche.

Il y avait dans l'attitude des enfants une grande fébrilité, dans celle des femmes, un brin de déni. Et dans celle des hommes, une fragilité inavouable.

---

*   *Mah-jong* : jeu d'origine chinoise où l'on utilise des dominos appelés « tuiles ».

Il neigeait depuis quatre ou cinq semaines lorsqu'une étudiante de la *Engei High School* ressortit la vieille histoire. La jeune Mariko avait préparé un article si complet qu'il occupa une bonne part du journal de l'école. Et dans cet article, elle évoqua une prophétie dont on trouve mention, dit on, dans un texte issu de l'ère de *Kofun**. *On y affirmait que la submersion du Japon serait précédée de cent jours de neige.*

S'il n'y avait eu que cette nouvelle dans le journal étudiant, sans doute la population locale aurait-elle conservé un peu de discernement. Une adolescente peut bien écrire ce qu'elle veut sans que l'esprit des uns et des autres se détraque.

Mais peu de temps après – cela faisait quelque quarante jours que des cendres blanches molletonnaient la ville   d'autres journalistes reprirent le dossier. Certains retrouvèrent les avertissements contenus dans de récents ouvrages ésotériques, qui confirmaient la prophétie. Le sujet exalta d'abord le petit peuple : on en parlait dans les tavernes et les maisons à la réputation douteuse. Ceux qui s'ennuient trouvent parfois un étrange réconfort

---

*   L'ère de Kofun est une division de la période Yamato, pendant laquelle se développèrent au Japon l'écriture et le bouddhisme venus de Chine. L'ère Kofun s'étend du IIIe siècle à la moitié du VIe siècle.

dans le caquetage ésotérique. Mais la pression se fit rapidement vers le haut : les directeurs d'entreprise et les universitaires s'y intéressèrent. Une maison d'édition dut faire deux nouveaux tirages du roman *Nihon Chinbotsu* de Komatsu*. Les animateurs d'émissions de variétés essayaient de faire de l'humour, mais on les sentait tendus.

L'on ne pouvait rester incrédule qu'un temps. La neige continuait.

Le décompte avait déjà commencé.

II

« 'Cause I'm always ready
I won't let you out of my sight ! »

La chanson thème tournait en boucle dans ma tête. Des milliers de *sarariman* franchissaient avec moi les portes du métro, mais David Hasselhoff continuait de chanter. Et lorsque je fermais les yeux, les filles couraient toujours au ralenti.

Les voyageurs exténués échangeaient des sourires dans une fraternité joyeuse. Le cinquantième jour, il avait plu toute la matinée. En après-midi, la

---

*   *Nihon Chinbotsu (La Submersion du Japon)*, roman d'anticipation de Komatsu Sakyo, originellement publié en 1973.

neige avait cessé. La préfecture nous semblait tellement belle, lavée, étincelante. La fin du monde était encore loin !

Pendant un moment, nous avions perdu de vue que nous n'étions que de simples mortels.

Notre précarité nous fut toutefois rappelée cruellement. Le soir, il se remit à neiger, et plus violemment que jamais. Toutes les chaînes d'information en parlaient.

Dès le lendemain, le gouvernement local dépêcha une équipe du service sanitaire vers la tour en ruines. L'on aurait cru que la pluie avait tout lavé, mais la structure de la tour, ou ce qu'il en restait, était si complexe que de vastes quantités de cendres morbides s'y conservaient. Il avait suffi d'un coup de vent pour que la prophétie suive son cours.

Le service sanitaire n'y put rien. L'on tint pour responsable Monsieur O, mais celui-là avait mystérieusement disparu et la police était toujours à sa recherche. Il avait peu de parents et amis, et ceux que les enquêteurs réussirent à rencontrer n'avaient pas eu de nouvelles de lui depuis l'entrevue maudite. Le sujet étant d'ailleurs devenu tabou, l'on y faisait sobrement référence en tant que « l'événement de la chaîne NHK ».

La police sanitaire aux quatre coins de la ville, la police criminelle aux quatre coins du pays. Le vrai chaos commençait.

⌣

Plusieurs d'entre nous peinaient à l'accepter. Tout s'était passé si vite. La vie avait continué : le travail, le métro…

Ces sceptiques endurcis se firent de plus en plus rares, et ceux qui persistaient dans leur déni vécurent leurs jours dans une douloureuse apnée. La suffocation n'était jamais bien loin.

Le temps, ce principe que l'on croyait absolu, avait pris une apparence gluante, exactement comme le *natto*, ces fèves de soya fermentées qui s'étirent comme de la toile d'araignée. D'aucuns se réveillaient un matin et constataient avec angoisse que leur monde n'était plus le même. D'autres continuaient à jouer au *mah-jong* et mentaient effrontément en disant que *la neige ne les emmerdait pas*.

Au fil des semaines – d'un fil gluant à l'autre –, la ville avait beaucoup changé. Une fine suie blanche recouvrait les trottoirs qu'on lavait avec un enthousiasme qui déclinait quotidiennement. Les humains se mouvaient tantôt machinalement, l'esprit emprunt à une confusion malsaine, tantôt le plus naturellement du monde, avec un regard *juste un peu* plus perspicace qu'à l'accoutumée. De jeunes adolescents, déjà à un âge où l'on perd facilement ses repères, vivaient mal la chose. Ils se déplaçaient en troupeaux, beaucoup se laissant aller à des excès de drogues inconnues. Chaque minute nous rapprochait du centième jour, la neige n'avait pas cessé, et de plus en plus d'hommes d'affaires déchus et complètement allumés se tenaient aux carrefours, distribuant des fleurs et des dépliants.

Au soir du quatre-vingt-dix-neuvième jour, mes quatre amis vinrent chez moi pour le dernier rendez-vous du *Club des amateurs de Baywatch*.

Nous avions bu un peu plus de saké qu'à l'accoutumée et nous spéculions vaseusement sur le sens de la vie. Aucun d'entre nous ne comprenait comment Setagaya s'était habillée d'une blanche fureur, et comment l'horizon promettait l'apocalypse. C'était en dehors de notre entendement, au-delà des concepts rigides de *comment, pourquoi, parce que.* À peine cent jours et la folie du monde s'était déployée sans retenue. Nous tâchions de nous réconforter entre amis, persuadés que l'amitié seule permet de naviguer sereinement sur la mer de l'incertitude. Mais nos regards fuyaient et se reportaient sans cesse à la fenêtre, la grande fenêtre.

De mon salon où nous avions l'habitude de nous réunir, il y avait deux ouvertures sur le monde. La plus grande fenêtre de mon appartement se trouvait sur le mur côté ouest. C'est une des raisons pour lesquelles j'avais emménagé là, je croyais profiter d'un peu de lumière. Mais en ce quatre-vingt-dix-neuvième soir de neige, la fenêtre nous offrait un spectacle terrifiant. Le ciel se faisait plus menaçant encore, et la ville plus bruyante, chargée de bruits de verre cassé. Des salariés déglingués erraient tels des fantômes. Au loin, nous apercevions encore les décombres de la tour. Et juste au coin de la rue, une centaine de marcheurs s'étaient rassemblés fiévreusement pour rendre un ultime hommage à John Lennon.

Le ciel se rapprochait dangereusement.

À l'autre extrémité du salon, sur le mur côté est, il y avait une toute petite fenêtre. Celle-là donnait sur la cour arrière, un menu carré d'herbe. Au centre de ce carré se tenait un jeune arbre seul, un cerisier délicat de moins de deux mètres de hauteur.

Lorsqu'on se tient à une distance bien précise de cette fenêtre – et cela coïncide avec la position du canapé – nous avons l'impression étrange de contempler un tableau. Un cerisier discret, comme peint sur un carré d'herbe verte. Presque un dessin d'enfant.

Notre attention chancelait. À un moment, nos pensées se fracassèrent. Il y eut d'abord comme un léger bourdonnement, puis la clameur de la ville se fit assourdissante. L'un d'entre nous pointa vers l'horloge : minuit approchait.

Alors...

Alors, nous avons fait la seule chose à laquelle nous pouvions penser. Nous avons augmenté le volume du téléviseur, et nous avons regardé Yasmine Bleeth et ses copines courir au ralenti.

Assis sur le canapé, je pensai à la première fois où j'avais visité l'appartement. Lorsque j'avais aperçu le tableau-fenêtre et son jeune cerisier, je m'étais dit : « Voici enfin un endroit où je pourrai rêver. »

Naomi

Environ quatre secondes après avoir pris congé de mon frère Saburo, je sus que j'allais devoir rentrer chez moi rapidement. Je venais de sortir de son appartement pour constater qu'en moins d'une heure, la température avait chaviré. Ça avait d'abord été un début de journée aguicheur, prometteur des dernières chaleurs de l'été ; on avait plutôt eu droit au froid humide de l'automne, au vent vicieux, à la veille de l'hiver. Le vent vicieux, ce n'est pas simplement celui qui se moque de ton écharpe et s'y faufile pour mieux t'en raidir le cou. C'est aussi celui qui précède la tempête. Il la désire, cette tempête, il la désire avec une violence assumée.

Mon frère aîné habitait alors un grand appartement, qu'il partageait avec deux militaires québécois qui n'y dormaient que deux soirs par semaine. L'endroit était coquet, et plus ou moins bien situé. Plus ou moins bien, c'est-à-dire à un endroit bruyant mais proche de tout : c'était au coin de des Érables et René-Levesque, à Québec. Je descendais l'avenue des Érables et n'avais pas traversé un carrefour que déjà les nuages noirs s'entassaient. J'habitais en basse-ville, rue Arago, juste en bas de l'escalier Lavigueur.

Je pris Père-Marquette sur ma droite, me dirigeant vers l'épicerie. Je me doutais que c'était un mauvais calcul, que l'orage n'attendrait pas que je trouve mon lait de soya sans sucre, mes poires chinoises et mes graines de lin dorées. J'aurais dû faire plus bref, mais le souvenir du trou béant que représentait mon frigo – c'est un euphémisme, *trou noir* aurait peut-être été plus approprié – ne me réjouissait guère, aussi l'estomac prit-il les commandes. Je ressortis avec de la bière, du pain frais, un petit pâté, de la dinde fumée et des tranches de fromage havarti aux jalapeños… Le ciel proposait de s'abattre sur les hommes, et moi j'achetais des bons trucs style pique-nique.

Si cette idée m'a fait sourire, ça n'a pas dû être pour très longtemps.

Déjà, en sortant de l'épicerie, un jeune homme me fit un commentaire à propos de l'horizon sinistre. C'était quelque chose comme :

— On va en manger toute une !

C'était un gars imposant, marginal, à l'allure punk. Il reniflait avec force et c'est le genre de chose qui d'habitude m'horripile. Pourtant cette fois, j'ai bien aimé. J'adore les contrastes, et ç'en était un beau que cet être endurci, *encuiré* et plein de bouts de métal, qui grelottait et se savait impuissant face à la tempête. Nous échangeâmes une phrase banale ou deux, le temps de traverser le chemin Sainte-Foy. Il prit la direction de la côte Sherbrooke, je me dirigeai vers Saint-Jean.

Tout le monde avait la même attitude pressée, presque fiévreuse.

C'est en attendant le « petit bonhomme » pour traverser la côte Salaberry que je pris connaissance de l'ampleur de la chose. Il y eut d'abord cette femme, cette autre inconnue qui m'adressa la parole :

— Ça ne va pas tarder…

La façon dont elle m'a dit cela m'a paru étrange, comme si elle avait planifié sa phrase depuis deux coins de rue, en espérant la faire paraître spontanée. Je lui ai tout de suite pardonné, car j'ai compris qu'elle *devait* me parler, même furtivement. Tous les marcheurs éprouvaient le besoin de communiquer, même silencieusement : les uns et les autres échangeaient des regards malaisés comme si l'on s'apprêtait à connaître le

Déluge. Ça m'a semblé comique, jusqu'à ce que je lève les yeux...

L'intersection De Salaberry et chemin Sainte-Foy offre une vue imprenable sur la ville. Cette vue-là était noire et terrible, vaste et violente. C'était digne d'un ciel de film, une histoire fantastique sans doute, où l'on mettait enfin les pieds sur le territoire du plus méchant des méchants. Certains nuages semblaient grands comme des océans, en plus intimidants peut-être. Ils formaient par endroits des masses tellement compactes, je pensai à d'innombrables soldats trop entassés, prêts à se rebeller, à mettre le feu aux poudres, à faire sauter leur propre campement.

Il commençait à faire froid et j'eus le brutal rappel du genre de manteau que je portais : une simple « coquille », pour parler comme la conseillère du magasin. Je n'avais pas de gants et j'avais l'impression que mes doigts, déjà engourdis, portaient les sacs d'épicerie depuis dix kilomètres. Je tâchais de m'encourager : « Si je presse le pas, je serai à la maison dans moins de dix, et dans moins de quinze, je boirai un café bien chaud dans le confort de mon canapé. » Je me voyais déjà, à replonger dans mon *Anthology of American Short Fiction*, avec de grosses chaussettes pas chics.

Je descends souvent la rue Philippe-Dorval ; cette fois j'optai pour la rue Marchand, en pensant sauver du temps. C'était une illusion. À la hauteur de la rue Richelieu, deux ou trois gouttes de pluie avaient rappliqué en éclaireuses. Quelques secondes plus tard – je marchais de plus en plus vite et fantasmais de plus en plus sur l'idée du trio café chaud, bouquin et grosses chaussettes –, j'en étais à la rue Saint-Olivier, lorsqu'un puissant coup de vent vint me glacer les os. À la hauteur de la rue de la Tourelle, la grêle se mit de la partie. Elle tomba abondamment, et rageusement : je pris mes sacs d'une main et dus me protéger le visage de l'autre, et à deux endroits au moins sur ma main gauche, la glace taillada ma peau. Il n'y avait personne dans la rue, ou s'il y avait quelqu'un, je ne l'ai pas vu. Il n'y avait aucune raison que j'en meure, bien entendu, mais j'avançais sur le mode « survie ». Depuis ma sortie de l'épicerie, je pensais à l'escalier Lavigueur en me disant qu'une fois atteint, j'allais être tout près de chez moi : descendre rapidement les marches, tourner à gauche... Mais là, je ne pensais qu'au mètre suivant. Encore un. Encore un autre.

Le segment de la rue Lavigueur fut le plus pénible : je m'y trouvai à marcher contre le vent, à tout instant la tempête s'intensifiait, et chacune de ses attaques de grêlons était comme autant de menaces de quelque chose de pire encore.

J'arrivais à la tour Martello numéro 4, juste avant l'escalier, lorsque je fis un geste inattendu. Je savais, pour m'en être approché à deux reprises, qu'un énorme cadenas barrait la porte de la tour. Je m'y rendis pourtant instinctivement, mon esprit était comme vaste et vide. *Il n'y avait pas de cadenas.*

J'ouvris.

La porte était lourde. Si j'avais agi plus lentement, si j'avais eu le temps de penser, j'aurais sans doute *souhaité* qu'elle fasse un bruit grinçant, un cliché sinistre. Mais le vent et la grêle faisaient un tel vacarme que l'on n'aurait pas entendu.

Il faisait déjà sombre au-dehors, alors à l'intérieur d'une tour en pierre avec à peu près aucune ouverture, on aurait cru que c'était la nuit. L'endroit était très humide, mais j'étais heureux d'y être, pour peu que l'on puisse parler d'être heureux, car je ne me souviens d'avoir fait à ce moment-là l'expérience d'aucune émotion tangible. J'étais prêt à tout, et à rien. J'avais, attaché à mon porte-clefs, une petite lumière de randonnée, un gadget qu'une amie m'avait offert. La salle où je me trouvais, pour ce que j'en voyais, était *vaste et vide*, et l'imposante colonne qui supporte toute la structure se terminait à la voûte. J'allais plus tard apprendre que le centre de la colonne était rempli de débris de pierre et de mortier, et que la forme voûtée y était pour beaucoup dans la solidité de la structure : les joints ébranlés par un bombardement se contractent et offrent aux pierres une meilleure prise. Un bon refuge, somme toute.

Je venais de remarquer le contraste qu'offraient les joints originaux faits à la chaux, et ceux datant de récentes rénovations, tels de malhabiles plaques grisâtres, lorsque j'entendis un frottement du côté de l'escalier. Et puis, comme un grignotement animal. Je pensai à des rats – des sortes de rats, avait un jour écrit Giono – lorsque la pièce s'illumina. Une jeune femme noire se trouva devant moi. La main sur le commutateur, elle riait de bon cœur.

— Je t'ai fait peur, non, avec mes bruits de sanglier ?

Elle devait avoir la mi-vingtaine, c'est-à-dire quelques années de moins que moi, et elle riait comme une enfant. J'aurais pu m'étonner de la présence du système électrique, rire du fait que je n'avais pas trouvé l'interrupteur et continuais à errer avec ma minuscule lampe de randonnée. J'aurais pu me questionner sur le fait qu'elle était là (avait-elle ouvert la porte de la tour ?), et seule dans le noir (avait-elle éteint les lumières lorsqu'elle a entendu quelqu'un rentrer ?). J'aurais surtout pu m'émerveiller de cette façon toute spontanée qu'elle avait eue d'aborder un parfait inconnu. Mais si je reste honnête envers moi-même, je dois avouer que ma première pensée, complètement inusitée vu les circonstances, fut de me dire que je n'avais jamais fait l'amour avec une Noire. Les femmes doivent nous pardonner, la cervelle des hommes a une chimie bien à elle, et cela n'implique pas que nous soyons incapables d'être *vraiment* amicaux. Mais c'est comme ça.

Ma deuxième pensée, qui était complètement absurde, plus encore du fait qu'elle suivit immédiatement la première, fut de me demander si mon père avait jamais connu une Noire. En un instant très bref, je pris conscience de tout ce délire, je bafouai et lui tendis la main en m'inclinant légèrement.

— Je m'appelle Masaru.

— Enchantée. Moi, c'est Naomi.

Je lui avais d'ailleurs trouvé des ressemblances avec Naomi Campbell. Ou Naomi Watts, je ne sais plus laquelle est la bonne, je n'ai jamais eu la mémoire des noms.

C'était une fille originale, pétillante.

Elle parlait beaucoup, me racontait des tas de choses sur la tour. Elle me dit que l'endroit n'était vide que temporairement, que d'habitude s'y retrouvait un groupe de passionnés de l'ère médiévale. Elle me parla des récentes rénovations, du toit neuf et mal isolé (en visitant l'étage supérieur, nous avons grelotté). Elle me raconta au sujet des trente (trente !) militaires qui demeuraient dans la tour pour une lune, donc pour trente jours ; de l'endroit où ils entassaient leurs couches et de l'espèce de four-foyer où ils préparaient la nourriture élémentaire ; de la petite famille qui avait habité dans la tour au début des années 1900 ; du sous-sol où l'on entreposait l'eau non potable qui servait à refroidir les canons…

Nous étions au niveau de la rue, c'est-à-dire entre le sous-sol (inaccessible ?) et l'étage principal. Elle dit tout bas, comme si quelqu'un avait pu nous entendre :

— Tu sais, la légende raconte que des tunnels sous-terrains relient les tours…

— Relier les quatre tours ? Non, mais, tu parles d'un contrat !

J'avais essayé de parler comme le faisait mon frère, c'est-à-dire comme les Québécois, mais ça n'a pas trop marché.

— *Quatre* ? Je pensais qu'il n'y en avait que deux…

Cette réplique m'a estomaqué. Ses connaissances étaient complètement inégales. Je veux dire, comment pouvait-elle connaître tous ces détails architecturaux et ces anecdotes sur la vie des militaires, sans savoir qu'il y avait jadis quatre tours Martello ? Même moi, la grande nullité en matière d'histoire, je savais cela. C'est sans doute la fille la plus étrange que j'aie rencontrée.

— Dis, Masaru, tu crois que ces tunnels existent ? Tu crois qu'on y trouverait un trésor ?

Mon nom. J'ai adoré ça. D'habitude, lorsqu'on n'est que deux à bavarder dans une pièce, personne ne prononce le nom de l'autre… J'avais trouvé exquise cette attention minuscule.

Puis, elle éclata d'un grand rire, comme elle l'avait déjà fait une fois ou deux :

— Allez, tu sais bien que ce ne sont que des légendes ! Mais viens, retournons en haut. Parce que les fantômes, eux, ils existent.

Elle avait prononcé cette dernière phrase d'une façon très solennelle et s'était retournée vers l'escalier. J'avais envie de lui dire : « Non, c'est toi qui n'es pas réelle. Tu es un personnage de bande dessinée. »

Nous remontâmes à l'étage principal, et il tempêtait toujours dehors. Le mur côté ouest – ça aussi, c'est elle qui me l'a appris – faisait quelque trois mètres d'épaisseur. Mais les autres étaient beaucoup plus minces et si l'on tendait l'oreille, on entendait les grains de glace fouetter les parois extérieures. Il y avait aussi le vent, qui rentrait par le toit à l'étage supérieur et sifflait vilainement. Mais nous ne portions plus attention à tout cela... Nous nous étions assis sur les premières marches de l'escalier de pierre qui menait à l'étage. Et nous avons bu de la bière, et mangé du pain frais avec du petit pâté, et de la dinde fumée, et des tranches de fromage havarti aux jalapeños...

Combien de temps allait-il s'écouler ? Une, deux heures ?

Le vacarme avait cessé. Pas un son ne provenait de l'extérieur, comme si la ville entière essayait tant bien que mal de se relever après la tempête. Naomi allait porter un morceau de fromage à sa bouche, elle s'interrompit et le déposa sur le sol :

— Pour le sanglier.

Puis, elle ajouta :

— Allez, viens !

Je n'avais pas commencé à rassembler mes affaires qu'elle entrouvrait déjà la porte.

— Viens, je te dis, il y a peut-être un arc-en-ciel !

Je me levai, me massai les fesses, et approchai de la porte entrebâillée d'où provenait une lumière vive. Naomi devait être déjà dans la rue. J'entendais sa voix au loin, sans en distinguer les mots. Arrivé au seuil de la porte, je sentis un vent chaud.

Et puis, ce fut l'éblouissement.

En sortant, le soleil m'assaillit les rétines avec une force telle que je fus complètement désorienté. Le monde entier serait devenu blancheur, chaque atome de réalité serait devenu lumière, qu'en cet instant je l'aurais cru. Un très court instant, unique et si puissant que j'en vins à me demander : *où suis-je ?*

J'étais aveuglé, et quelque part au loin j'entendais la voix de Naomi. J'eus le sentiment étrange d'avoir une décision à prendre, d'être à un point de non-retour. Je restai immobile sur le seuil de la porte. Je fermai les yeux dans la blancheur et inspirai à pleins poumons.

J'avançai vers l'inconnu.

L'Avenir

En hommage à cette belle amitié littéraire
entre Raymond Carver et Haruki Murakami

C'est un bar dans le district de Roppongi à Tokyo.
Le coin est réputé pour ses nuits sulfureuses et
ses places à Occidentaux. Quatre d'entre eux, fin
vingtaine, discutent autour d'une bière. Ils ont
choisi un endroit calme. De toute façon, c'est
mardi et il pleut, cette rue-là est pratiquement
déserte.

Philippe et Lucie viennent de Sherbrooke,
André de Québec. Tess est née à Minneapolis, elle
étudie à Montréal depuis deux ans. C'est leur dernière soirée au Japon. Ils y sont depuis deux mois
exactement. En franchissant les portes du bar, une
heure plus tôt, ils ont conclu une entente : ne pas
parler de ce qu'ils étaient venus faire à Tokyo. Le
contrat avait été bien assez éprouvant.

— Oh putain, qu'est-ce qu'on s'est marré ce jour-là !

Philippe riait si fort que le serveur les regardait d'un œil sévère.

— « Oh putain, qu'est-ce qu'on s'est marré » ? Depuis quand tu parles comme ça ?

— Oublie ça, André, tu vois bien qu'il a pris un verre de trop.

Lucie perdait facilement patience lorsqu'il se mettait à boire. Ça n'arrivait pas souvent, mais lorsqu'il était ivre, même légèrement, Philippe finissait toujours par l'embarrasser.

— Comment, de trop ? C'est pas quelques bières qui vont m'abattre ! C'est notre dernière soirée, il faut bien s'amuser un peu, non ? Allez, à la nôtre ! *Kampai !*

Lucie et André trinquèrent avec lui ; Tess s'excusa discrètement et prit la direction des toilettes.

Philippe but le restant de son verre d'un trait. Lorsqu'il vint pour le remplir, il constata que leur pichet de bière était vide.

— Merde, ça s'est évaporé ou quoi ? Hep, mon p'tit vieux !

Tout le monde rigolait quand il appelait le serveur « mon p'tit vieux ». Entendu que celui-là ne parlait pas français, il rappliquait toujours avec un air un peu ennuyé. André encouragea le jeune Japonais d'un sourire complice puis, comme s'il venait subitement de se rappeler une chose importante, il s'adressa à ses amis :

— Hey, ça ne vous tente pas de passer à autre chose ?

Philippe accompagna sa blague idiote d'un clin d'œil lubrique :

— Ouais, moi aussi j'aimerais ça, mais j'suis pas sûr que Lucie embarquerait...

Elle le tapa en criant « *Baka !* », ce qui fit sourire le serveur.

— En fait, reprit André, je voulais parler de cidre. Il paraît que c'est leur spécialité, ici.

— Faut bien être à Roppongi pour me faire boire du cidre, souffla Philippe.

Tess revenait à la table. Le bruit de ses pas avait été étouffé par la musique, un des premiers succès du groupe Hootie & the Blowfish.

— Du cidre ?, demanda-t-elle en s'assoyant gaiement. Super idée !

Sa joie était simulée et personne ne le remarqua. Ses lèvres avaient esquissé un sourire maladroit qui avait pourtant convaincu tout le monde.

— *Ci-der ?* s'essaya enfin le serveur.

— *Haï ! Onegaï shimasu !*

Les quatre amis avaient répondu en chœur en affichant un nombre maximal de dents, et l'effet n'était pas sans évoquer une joyeuse bande dessinée.

⌣

Dehors, la forêt de néons se reflète sur l'allée mouillée. Les téléviseurs publicitaires crient en silence, tout est anormalement silencieux. Il y a bien un peu d'animation aux grands carrefours, mais le chat les fuit obstinément. Il emprunte les chemins de traverse, ruelles étroites et lianes électriques. Un peu partout, le ciel a laissé tomber des blocs de froids humides, des blocs sombres. De la solitude à l'état solide. Le chat ne se laisse pas intimider, ni par le pneu d'un taxi qui passe près de lui broyer les os, ni par les vieux néons qui lui grésillent de ne pas s'aventurer plus loin. Il s'en moque. Il est le seul à l'entendre, et il doit savoir.

Les rues sont de moins en moins passantes. À la sortie d'un restaurant singulier et tout à l'étroit, deux jeunes garçons discutent : « J'te dis, mon vieux, c'est une mangeuse de *gaijin*... Oh, t'as vu le drôle de chat ? »

Le chat se sauve.

Un peu plus loin sur la chaussée, il trouve le petit appareil. Un gadget d'humains plus mince qu'une boîte de sardines et bientôt submergé par une flaque d'eau grise. C'est bien de là que vient le son.

⌣

— Fait chier, cette fille !

André revenait vers la table et il avait mauvaise mine. Après trois ou quatre verres de cidre, il commençait lui aussi à être un peu saoul.

— Pourquoi elle répond pas ? Ça fait une heure que j'essaye ! En plus, c'est elle qui m'a demandé de l'appeler...

Tess lui mit la main sur l'épaule.

— *Don't worry about her, man. The girl's a slut.* Laisse-la pas ruiner ta dernière soirée.

Elle avait dit ça d'une façon légère, alors qu'elle n'avait pas l'habitude des mots vulgaires. Elle avait même ri, juste un peu trop fort. Il y eut un bref silence lorsqu'André se rassit avec sa sale gueule. Philippe, les yeux apparemment rivés dans le vide, tendit la main et essaya d'attraper une poussière en plein vol. Où était-ce un grain de luminosité, une particule excentrique ?

La musique changea du tout au tout : aux Beatles succéda le groupe ABBA. *Dancing Queen* suscitait toujours une réaction chez Lucie :

— C'est vraiment du n'importe quoi, ici ! Tout à l'heure, on est passé de Louis Armstrong à Green Day… C'est pas des *jokes*, ils nous ont même refilé du Kenny G !

— Yeah, renchérit Tess, j'ai l'impression que le propriétaire est allé sur Internet pour *down-loader* tous les succès « d'Occidentaux ».

Philippe, un peu comme s'il venait de se réveiller, revint à leur précédent sujet de conversation.

— Ouais, mais ça bat pas la chanson thème de *Tao Tao*, interprétée par nulle autre que Nathalie Simard !

Depuis près d'une heure, ils évoquaient des souvenirs d'enfance, des émissions télévisées, surtout. Tout guilleret, Philippe se mit à chanter l'histoire du petit ours panda :

— *Dans le pays des grandes prairies… et des cascades argentées… où tous les animaux sont beaux…* Merde, j'me rappelle plus la suite.

La mauvaise humeur d'André n'y résista pas. Peut-être l'alcool y était-il pour quelque chose, toujours est-il qu'il se redressa en riant :

— Hé, oh, vous vous souvenez de *Touftoufs et polluards* ?

— Moi, l'interrompit brusquement Lucie, c'est la « toune » de *Bouli* que j'ai en tête. « *L'hiver…*

est presque fini… *Bonhomme de neige, prends garde au soleil…* »

Sa voix était douce, d'une bienveillance enveloppante. Les trois autres n'avaient pourtant pas l'air de se souvenir de Bouli.

— En tout cas, avoua Tess un peu embêtée, on n'avait pas trop les mêmes *cartoons* chez nous.

— Mais, attends, t'as quand même eu droit à *Bibifoc* ? À *Boumbo* ? À *Mimi Cracra* ?

Tess fit une petite moue :

— Nah.

— Bah, de toute façon, *Mimi Cracra*, ça craignait… Hep, mon p'tit vieux ! *Cider, onegaï shimasu !*

— Moi, reprit André, ce qui me foutait la trouille, c'était les *Minipouss*. On a jamais su c'était quoi, ces foutues bestioles.

Lucie se souvenait très bien de tous ces dessins animés. Elle était tout agitée et avait envie de réagir à chaque fois que quelqu'un parlait.

— Ben, c'était comme des petits lutins. Tu sais, pour la maison.

André se gratta la tête :

— Un peu comme des nains de jardin ?

Personne ne sut ce qu'il y avait de drôle, mais tout le monde rit. Au moment où le serveur arrivait avec une nouvelle bouteille, Tess se leva et partit vers les sanitaires. Philippe se pencha vers sa copine :

— Euh... j'veux pas me mêler de ce qui me regarde pas, mais... Elle est correcte ? Ça fait trois ou quatre fois qu'elle va aux toilettes. En plus, elle a pratiquement pas touché à son verre.

— Oui, je lui ai demandé tout à l'heure. Elle est juste un peu stressée quand elle a un avion à prendre le lendemain.

André grimaça, mais les rires fusèrent rapidement quand Philippe se mit à imiter le petit extraterrestre de *Bibi et Geneviève.*

Dans la cuvette, l'eau tournoie à vive allure en émettant un bruit familier. Tess sort de la cabine, approche les lavabos. Elle se lave les mains avec précaution, rince abondamment, puis recommence à les savonner. Le geste n'est pas obsessif, elle a oublié qu'elle venait d'utiliser le savon.

Une jeune Japonaise en habit de serveuse sort de la cabine voisine. Elle rajuste ses vêtements avec tellement d'assurance, Tess se demande si elle n'a pas exécuté ce mouvement autant de fois qu'il y a de bulles de cidre dans ce bar. La fille applique sur ses lèvres un rouge audacieux, irréel. Lorsqu'elle franchit le seuil de la porte, les sanitaires sont précipités dans un silence d'une effroyable densité. Si bien que le son de ses talons aiguilles continue de se réverbérer un moment.

Le sèche-mains métallique, les néons bleutés, la déco que l'on avait supposée bien occidentale, tout est froideur aseptisée. Tess s'appuie sur le lavabo, la céramique est glacée. Elle s'observe, inexpressive. D'une main tremblotante, elle ramène sur son oreille droite une mèche de cheveux. Elle pose ensuite ses deux mains sur son ventre. Elle ne comprend pas (ou n'accepte pas) ce qui se passe dans son corps. Cela lui arrive-t-il vraiment ?

Tess s'approche, s'étudie longuement dans la glace. Elle se regarde droit dans les yeux, muette. La profondeur de ses rétines fait écho à l'épaisseur du silence qui l'enveloppe. Envahie d'une étrange fascination, et toujours plus proche d'elle-même, elle s'observe intensément jusqu'à avoir peur de ses propres pupilles.

Elle quitte les sanitaires d'un pas vif.

Dans le miroir demeure le reflet de son visage esseulé.

À la table, les trois autres évoquaient encore des souvenirs d'enfance. Les émissions télévisées à elles seules semblaient être un sujet inépuisable. Philippe n'arrêtait plus de raconter des âneries, il essayait de déterminer quelles sortes de drogues avaient bien pu consommer les créateurs des *Calinours*. À un moment, Lucie le réprimanda devant les autres. Elle les avait déjà entendues, ses histoires. Il devait bien laisser les autres parler.

— Mais…, commença Philippe, visiblement éprouvé. Je suis désolé, chérie. Je sais, je fais le con… J'avais juste envie de te faire rire.

Il lui dit qu'il l'aimait. C'était vrai. Lucie en fut touchée et l'embrassa. À cette heure (quelle heure ?), tout le monde était un peu ivre. Voyant André perdu dans ses pensées, Philippe le taquina une dernière fois :

— Dis, tu serais pas en train de zyeuter le serveur ? Il est vrai qu'il a l'air de t'apprécier…

André fit mine de sourire, et puis tout tomba à plat.

La dernière buche s'est consommée. Il y a un silence, c'est le moment de rentrer. Un silence.

Les quatre amis prétendent vouloir se lever mais ne le font pas. Ils seraient bien incapables de décrire de façon intelligible l'émotion qu'ils ressentent. Personne ne l'avait anticipée.

Il y a pourtant comme une évidence. Ils ont longtemps parlé du passé ; voilà que l'avenir, c'est bientôt. Dès qu'ils auront passé les portes de ce bar, ce sera l'avenir. Les souvenirs, les bulles dans le cidre, les chansons-thèmes des émissions de leur enfance. Tout cela est sur la table, dans le bar.

Ils sont là immobiles, ils se sont tus, et leur esprit vagabonde de par les brumes.

Sur le miroir des sanitaires, le reflet de Tess continuera un certain temps à observer les humains. Ces humains qui doutent et qui espèrent.

Le Promeneur

L'absence ce n'est rien –
un peu de temps très pur
pour inventer demain.

— PHILIPPE DELERM,
Fragiles

Partie I

Pour les moines bouddhistes, il convient de ne pas trop parler de sa personne. Il s'avère pourtant qu'une brève mention de mon parcours de vie m'apparaît utile à la compréhension de ce récit. Le passé et le présent ne dépendent-ils pas l'un de l'autre ?

Je suis donc né au Japon dans la préfecture d'Ishikawa, située au centre-nord de l'île d'Honshu. Lorsque j'eus vingt-deux ans, j'allai étudier au Vietnam où je reçus, trois ans plus tard, l'ordination monastique complète. J'ai toujours su me contenter de peu, mais la vie n'était pas très facile, là-bas, en particulier pour les religieux impliqués socialement. Je partis finalement m'installer au Canada.

Depuis, j'habite avec un ami qui avait immigré au Québec des années plus tôt. Et près de notre appartement, il y a un parc, véritable petite oasis urbaine à proximité d'une école secondaire. Il y a là un sentier pédestre qui fait précisément cinq kilomètres, et je crois que depuis la semaine qui suivit mon arrivée, il ne s'est pas passé plus de deux ou trois jours sans que j'y vienne marcher.

J'ignore d'où me vient cette passion des arbres, de la nature. Au Japon, on racontait que mon arrière-grand-père paternel avait entretenu quelques liens d'amitié avec les membres de la famille Maeda, dirigeants de l'ancienne province de Kaga, et qu'il les avait même aidés lors des derniers développements du jardin *Kenroku-en**. Peut-être en reste-t-il quelques vestiges dans mes veines ?

Quoi qu'il en soit, je redécouvre quotidiennement le boisé. Les jours de semaine, on y croise parfois un groupe d'étudiants qui parcourent le sentier au pas de course. Il y a là deux ou trois coureurs d'élite ! Il y en a aussi qui traînent avec autant d'enthousiasme qu'un balai sans poils, en dépit des encouragements sévères de l'instructeur… D'autres fois, ce sont des promeneurs solitaires, des personnes âgées, surtout. Je souris toujours, et l'on me renvoie la pareille. Néanmoins, et d'une façon générale, le sentier n'est pas très fréquenté.

---

* Le jardin de Kenrokuen est considéré comme l'un des trois jardins les plus célèbres du Japon.

Pas très fréquenté... C'est une expression toute faite, comme épaissie, coagulée. En fait, ce sentier s'est fait l'hôte d'un univers insoupçonné.

Quelques épisodes de la première partie de mon existence me reviennent en tête, comme autant de photographies que l'on partagerait intimement avec un copain. La seule chronologie ici me semble être celle des sentiments, et les souvenirs sont comme ramenés par le vent dans un ordre un peu saugrenu.

J'étais adolescent, et donc encore au Japon. Je faisais l'expérience d'un bloc, d'un immense bloc de fer érigé follement au centre de ma poitrine, emprisonnant mon cœur. J'écrivais de vains mots et ma plume était guidée par ma rage. Une sorte d'insatisfaction chronique, de mécontentement suprême, mais toujours contenu, caché. Ma poésie ne menait à rien, je m'en rendais compte, et le simple fait que je m'en rende compte n'aidait en rien.

Ma famille ignorait tout de mon mal-être, à l'exception peut-être de mon grand-père. Il avait cette sensibilité que l'on croyait sottement être l'apanage des femmes. Émanait de lui une confiance tranquille, une absence complète de doute quant à mon futur – après tout, j'étais encore jeune. Mais le pays du Soleil levant ne répondait pas à mes attentes, il m'apparaissait que les nuages n'allaient jamais s'estomper. À dire vrai, les rares mentions du soleil dans mes poèmes, c'était pour parler de « cet astre brûlant, déféquant sans cesse sur nos têtes cramées ».

J'étais orgueilleux, j'avais l'air de savoir parfaitement ce que je faisais.

Je tenais fermement ma plume, et je m'étais complètement égaré.

La première fois que j'ai eu cette idée, j'étais à l'appartement. Je venais de manger le dernier morceau d'un pain artisanal que nous avions acheté à la boulangerie du coin. Des graines s'étaient ramassées au fond du sac, et avant de le mettre bêtement aux ordures, j'ai pensé en faire autant de petits cadeaux aux oiseaux. Comme je me préparais à faire ma promenade quotidienne, je plaçai le sac dans la poche droite de mon manteau et me dirigeai vers le sentier pédestre. Cela m'apparut être une pratique toute simple, mais une pratique de la générosité tout de même, et depuis, je fais chaque jour de menues offrandes de céréales aux amis du boisé.

Il y a beaucoup d'oiseaux au Québec, des très différents de ceux que je connaissais au Japon. Noburu (c'est le nom de mon colocataire), m'a offert un guide d'observation que je consulte fréquemment. Au début surtout, j'étais étourdi à la vue des grands mots, du vocabulaire très technique, d'autant que je maitrisais mal la langue française. Mais avec les années, j'y trouve un réel plaisir, sans cesse renouvelé.

C'est dans ce livre que j'ai appris qu'un de mes oiseaux préférés, que j'ai parfois l'occasion de rencontrer dans le sentier pédestre, est une espèce assez rare, quasi menacée dans la région. C'est une paruline à ailes dorées. On la reconnaît aisément avec cette tache dorée très voyante à l'aile, son plastron et son masque tout noirs, son ventre blanc. Il y a aussi de petits bruants à gorge blanche, et lorsqu'on est chanceux, dans le segment du sentier qui voisine la route, donc à la hauteur du deuxième kilomètre, on peut y apercevoir quelques chardonnerets jaunes. Sinon, le plus commun, c'est le merle d'Amérique. Noburu se moque de moi, il prétend que c'est un oiseau banal, qu'on en voit partout ! Mais ça ne m'empêche pas de bien l'aimer, ce merle. Il faut le voir marcher de bons pas dans l'herbe, s'arrêtant brusquement, et dressant drôlement la tête pour mieux examiner le sol à la recherche de vers...

C'est à tous ces nouveaux amis que je fais de petits présents. Bien entendu, y laisser de véritables restants de repas serait absurde, la nourriture vieillie attirerait la vermine. Mais je crois qu'en amenant ces quelques grains céréaliers, avec la simplicité immuable d'un bon cœur, je participe à ma façon aux lois d'harmonie du monde.

Une pratique toute simple et qui à sa façon contribua à me sauver la vie.

◡

Et puis, graduellement, les nuages se sont dissipés. L'adolescence peut être une période tellement pleine de souffrances, comme si le presque-adulte n'était alors qu'un mélange lugubre de dureté et de fragilité. L'on me voyait de plus en plus lucide, et de moins en moins colérique. Grand-père avait eu raison, encore une fois. C'était une progression lente, mais il apparut clairement que mon malheur n'était que le reflet d'une crise d'adolescence en un pays où la jeunesse a perdu ses repères. Ce n'était qu'une étape parmi d'autres, et il fallait prendre la bonne sortie de route. Ceux qui ne possédaient pas de carte étaient moins choyés.

J'avais déjà changé lorsque j'atteignis le Vietnam. Les détails de cette transformation sont indicibles et il n'est guère important de tenter de les expliciter ici. Mais d'autres souvenirs font surface, avec une force paisible qui incite au partage.

Comme cette fois, où mon maître nous dit, à nous quatre, proches disciples :

— Vous êtes convaincus que l'homme dispose d'une seule vie, délimitée par la naissance et la tombe. Croyez-vous que le bonheur soit possible dans une période aussi brève, où résonnent l'angoisse du temps et la menace de la mort ?

L'ambiance était à la fois grave et pleine de douceur, de cette fusion qui prend deux contraires apparents et en fait une sorte d'ambroisie, dont la saveur accule à l'échec toute tentative de conceptualisation. Il faut avoir soi-même pénétré dans la chambre privée d'un grand maître, en soirée, avec ces chandelles et cet étrange jeu de lumière sur autant de peintures inattendues et pourtant sacrées, pour en reconnaître l'effet sur l'esprit.

Mais ce qui m'émerveillait le plus, c'était le talent de pédagogue dont faisait preuve le maître. Avec une seule phrase, un aphorisme ou un précepte tout simple, il arrivait à donner des enseignements multiples, c'est-à-dire à toucher le cœur de tout un chacun en fonction de leurs attitudes personnelles. Avec cet énoncé concernant la mort, d'aucuns y voyaient une exhortation à pratiquer la patience. À quoi bon tempêter, s'il est normal que le résultat de nos efforts se fasse ressentir après d'innombrables vies seulement ?

Ce genre de logique atteignait celui ou celle qu'il devait atteindre. Le disciple suivant comprenait autre chose et avançait. En ce qui me concerne, j'ai toujours compris que notre maître n'affirmait pas que le bonheur soit impossible en une vie, en cette vie – maintenant –, mais plutôt qu'il est impossible d'être heureux si l'on est constamment angoissé par la notion de temps, par la peur de la mort, du néant. Autrement dit, à se défaire de ces craintes et à se livrer dans la nudité du cœur, le bonheur est là, dans toute sa simplicité.

⌣

Récemment, je me suis rendu compte que j'utilisais ce mot fréquemment : *simplicité*. Qu'importe donc ? C'est précisément ce que je pratique lors de mes randonnées : l'ouverture, la pleine conscience.

C'est un beau matin d'été et la brise, sans pudeur aucune, mélange les parfums du boisé. La marche a quelque chose de profondément régénérateur, pour qui sait s'enraciner à chaque pas. Voici déjà le balancement régulier des membres du corps, comme les continents d'un microcosme. J'inspire… J'observe la nature avec l'émerveillement d'un enfant. J'expire… Chaque pas renouvelle mon plaisir. J'inspire… La fraîcheur du moment présent fait s'estomper mes soucis. J'expire… De nouveau, mon attention se porte sur la sensation de mes pas sur le sol humide.

C'est tout simple, et c'est là le secret.

« Simple, mais efficace », comme dit un ami québécois !

Je ne tente pas non plus de me soustraire à la fugacité du temps, ce serait grossièrement surestimer les capacités de l'homme, ou les sous-estimer avec arrogance, je ne sais pas. Je vis, et c'est tout. Le troisième kilomètre du sentier, par un suave matin d'été. Oui, ce troisième kilomètre, un peu plus ouvert que les autres, je le vis. Je goûte les nuages, et ces grands érables me sirotent. Le sentier respire par mes poumons.

Nul fantasme ici, qu'une pleine lucidité, saine appréciation du moment présent. Mais malgré toute la douceur, toute la fraîcheur dans laquelle mon cœur baignait, jamais je n'aurais pu prédire ce qui allait m'arriver. Mon univers intérieur allait bientôt souffrir d'un véritable séisme.

⌣

Je dois avoir six, sept ans, sur cette photographie. J'ignore qui l'a prise. Il n'y a au dos qu'une écriture au stylo-bille, illisible parce qu'effacée par les années, et l'estampille du studio de développement photo, situé près de l'ancien quartier des geishas à Kanazawa. Même en étudiant minutieusement l'image, il est difficile de savoir à quelle préfecture le décor appartient. Mais puisque je ne me souviens d'avoir quitté Ishikawa qu'une seule fois avant d'atteindre les neuf ans, j'ose croire qu'on a pris ce cliché près de la maison, ou près de l'école.

Je suis au premier plan, assis sur une vieille bicyclette stationnée de côté. On ne voit pas plus bas que ma taille, mais il est évident que j'ai les deux pieds sur le sol, et dans le coin droit, en bas, on voit que le cuir de la selle est un peu déchiré. Je souris à la caméra, mais tiens fermement le guidon, comme si je m'apprêtais à démarrer une grosse motocyclette, une machine puissante. Je porte une casquette américaine mise de côté, comme le font les adolescents d'aujourd'hui. Je crois me souvenir de cette casquette, il me semble qu'elle était bleue mais je n'en suis pas certain, la photo est en noir et blanc. J'ai une petite cicatrice près de la tempe gauche (à droite, sur la photo), et malgré le manque de clarté sur certaines zones de l'image, il apparaît clairement que mes lèvres sont un peu gercées. J'ai l'air plutôt bien.

Au fond, rien qu'un bout d'escalier, ce n'est pas clair, il s'agit peut-être de l'entrée d'un restaurant,

d'une boutique. Il y a trois autres enfants qui discutent, mais aucun d'entre eux ne regarde la caméra et
il m'est impossible de les reconnaître. À cette époque,
faire développer une photographie était une opéra-
tion coûteuse, si bien qu'on en prenait rarement ;
j'imagine que si ces enfants avaient fait partie de
la famille, ils se seraient bousculés, jetés au premier
plan en riant.

Il est difficile d'en dire plus, le reste ne serait que
vagues suppositions. Je suppose qu'il fait beau, je
suppose que ma mère n'est pas loin. Ou grand-père,
pourquoi pas. Mais la question principale persiste.
Qui est cet enfant ? Je veux dire, celui en avant, sur
la bicyclette : qui est-ce ? J'aurais tendance à répondre
« mais, c'est moi ! » Néanmoins, j'ai beaucoup
changé, depuis. Je ne suis pas cet enfant. Si vous
montrez cette photographie à d'autres personnes,
certaines d'entre elles vous diront que ce n'est pas moi.
Pourtant, je sais bien qu'il s'agit de moi, plus jeune,
beaucoup plus jeune.

Ni identique, ni différent. Ni un, ni tout à fait
deux.

À mi-chemin entre le troisième et le quatrième
kilomètre, il faut savoir où regarder, mais à
l'ombre de quelques chênes distraits on trouve

une quantité de champignons. C'est un univers absolument fascinant.

Ces champignons ne poussent pas en solitaires dans le sol, ils s'agrippent aux menues racines des arbres qui les entourent. Il s'agit d'une étrange forme de vie composée, d'une véritable alliance. Le champignon, incapable de fabriquer sa propre nourriture, retire des racines de l'arbre les sucres dont il a besoin pour vivre et se reproduire. Mais n'allons pas croire qu'il se conduit en brigand, subtilisant toute l'énergie du pauvre chêne, le laissant pour mort tel un vieillard décrépi, et dans une sombre solitude. Les champignons – ils sont innombrables – qui se fusionnent aux racines permettent à ces dernières d'indirectement augmenter leur superficie, pouvant ainsi s'alimenter en eau et en nutriments beaucoup plus facilement. Sans ses nombreux compères, l'arbre peinerait à extraire son repas de la matrice minérale.

Tout cela, je l'ai appris dans un autre livre que m'a offert Noburu. Il paraît même que toutes les orchidées dépendent de champignons pour se nourrir. « Autrement dit, poursuivait l'auteur, chez la plus vieille lignée de plantes sur Terre, la relation champignon-racine était obligatoire, puisque, sans leur partenaire fongique, les orchidées flétrissent et meurent. »

Impressionnant, non ?

Je m'emballe un peu, lorsque j'y pense, et il est vrai que c'est une vision un peu romantique des choses. Mais j'aime à considérer les racines et les champignons comme des *amis*, tout bonnement. Car qu'ils en soient conscients ou non ne change rien au fait premier : les uns dépendent intimement des autres pour vivre.

Cette journée-là, j'avais fait rire un couple de marcheurs. Le moins qu'on puisse dire, c'est qu'ils ne s'attendaient pas à retrouver, en retrait d'un sentier pédestre d'une banlieue québécoise, un moine bouddhiste accroupi, tout affairé à admirer d'anodins champignons !

—

L'allée qui mène au pavillon est plus longue qu'à l'accoutumée. Il faut dire que le jardin de la famille Nakamura est particulièrement vaste. Grand-père et moi circulons entre les arbres et les fleurs. Le décor, dont les moindres détails ont été judicieusement considérés, est apaisant, cependant mes appréhensions ne s'estompent pas pour autant.

Quelques minutes plus tard, nous approchons d'un coin plus ombragé. Là s'érige le pavillon, assez exigu, et qui donne la singulière impression d'une pauvreté raffinée, d'un dénuement bien calculé.

Nous sommes alors cinq – le maximum permis pour la cérémonie du thé. Grand-père connaît bien les autres, moi pas, et cela ajoute à ma gêne. J'ai seize ans, et l'on ne m'a jamais permis de participer au chanoyu.

Les trois hommes qui nous accompagnent sont d'un sérieux, témoignage de respect envers la tradition et ses infinies codifications. Grand-père, quant à lui, me fait des blagues discrètes : toutes ces minuties le font sourire.

L'eau passe d'une tasse à une autre, puis à une autre encore, jusqu'à ce qu'elle atteigne la bonne température pour la préparation du matcha. La geisha fouette habilement le tout jusqu'à en obtenir un liquide épais.

Or, grand-père s'était préalablement arrangé avec les hôtes afin que je sois l'invité d'honneur. L'invité d'honneur ! L'on pose alors le bol près du foyer, et grand-père me fait signe d'approcher à genoux. Je dois boire trois gorgées, et la tradition veut qu'après la première, je fasse part de mes commentaires.

J'essaie tant bien que mal de cacher mon malaise, mais mon silence en dit long. En fait, après une longue minute, une minute vraiment pénible, j'ouvre la bouche :

— Bon. Ce thé est… bon.

Voilà. C'est toute l'étendue de mes commentaires.

Personne n'en est véritablement froissé. Tous comprennent que c'est ma première fois, que le seul fait de me faire l'invité d'honneur n'est autre qu'un rite de passage organisé par un grand-père juste assez taquin. Mais le souvenir le plus limpide que j'en garderai restera le clin d'œil discret du vieil homme, lorsqu'il but ensuite le matcha.

Le même après-midi, nous sommes sur le chemin du retour, et il se met à rire :

— Non mais, tu te rends compte ? Ce truc est d'un amer ! Dis-moi, comment ils font ?

———

Le faciès en moins, mon colocataire Noburu a tout d'un Québécois. Il faut dire qu'il adore sa terre d'accueil et que la qualité de son français est sans pareil. Il travaille dans une librairie, pas très loin de notre logement, et il me parle souvent de livres, d'écrivains… Un jour, il m'a mentionné un certain poète du nom de Blake, dont il m'assurait qu'un verset avait des échos bouddhiques. C'était quelque chose comme : « Voir l'univers dans un grain de sable, l'infini dans la paume de la main. »

Était-ce bien Blake ? Ah, Noburu ne serait pas très fier de moi ! Quoi qu'il en soit, ce bout de vers a résonné un temps dans mon cœur. Il évoquait un des enseignements principaux du Bouddha, celui sur l'interdépendance.

La méditation n'a rien d'une échappatoire. On ne cherche pas à fuir la réalité, il s'agit plutôt de regarder les choses en face, d'apprendre à les voir *telles qu'elles sont*. C'est un processus d'ouverture continuelle, de lucide acceptation de la réalité. Et cette réalité peut être comprise grâce aux enseignements sur l'interdépendance.

On peut concevoir une certaine individualité aux choses, une personnalité aux gens... Mais tout phénomène, quel qu'il soit, dépend étroitement de tous les autres. Littéralement. À force de s'entraîner au regard profond, il est possible de percevoir tout le cosmos dans un grain de sable. Une telle assertion ne manque jamais d'en étonner plus d'un ! Mais j'apprends à en saisir moi-même la vérité en marchant, précisément, en marchant dans ce même boisé près de l'école secondaire.

Le quatrième kilomètre.

C'est au quatrième kilomètre du sentier pédestre que j'appris à discuter avec les feuilles des arbres. Oh, je me fais vieux et l'on pourrait me croire sénile ! Mais il n'y a qu'à essayer... Demandez à la feuille : « Feuille, mon amie, d'où viens-tu ? » et écoutez la réponse. Écoutez attentivement. Regardez, profondément.

La feuille répondra d'abord :

— Je viens de l'arbre.

Mais continuez à discuter, sans attente, avec bienveillance. Si vous ouvrez votre cœur, elle vous confiera peut-être qu'elle vient aussi de la sève et des racines, et du sol, et de l'eau et du soleil, oui, qu'elle en vient à pouvoir vous parler grâce à la présence de chacun des rayons du soleil. Vous pouvez discuter ainsi longtemps.

Le quatrième kilomètre.

J'étais au quatrième kilomètre, et notre discussion fut interrompue par ce qui allait être une des rencontres les plus importantes de ma vie. Un peu comme les premières rencontres avec mes maîtres spirituels. Mais c'était aussi bien différent : c'était d'une brutalité, d'une violence qui m'était jusqu'alors inconnue.

Partie II

D'entre les feuillages des arbres, le corps inerte. L'expression faciale du jeune adolescent aurait échappé à toute tentative de description. La teinte bleuâtre de la peau me marqua plus que tout le reste. Et puis, une brise agita légèrement les branches, laissant aux rayons du soleil d'autres revers à explorer : l'espace d'un instant, je vis avec une grande acuité le nœud de la corde. *Les lambeaux de peau grise collés à la corde.* Cela allait rester gravé dans ma mémoire, intact, jusqu'à la fin de mes jours.

Quelle réaction convenait-il d'avoir ? Je pensais, mais je n'avais plus aucune conscience du fait que je pensais. J'agissais machinalement, sans comptes à me rendre. Je grimpai à l'arbre – c'était un jeune érable et d'atteindre la branche à laquelle était attachée la corde ne prit qu'une minute, spongieuse il est vrai. Je n'avais pas de couteau, pas d'outil, et de défaire le nœud à la main ne fut pas facile. Ma position était instable, mais j'usai de toute la force que j'avais – elle semblait quintuplée – afin de laisser doucement redescendre le corps. Ce faisant, je m'écorchai sévèrement la main gauche, mais ne remarquai la présence de cette blessure qu'une heure plus tard.

Un moment, j'eus l'envie de détendre le nœud autour du cou du garçon, de l'aider à respirer. C'était une forme de vertige, et la futilité de cette idée me fut cruellement confirmée par la suite : le jeune était mort depuis une vingtaine d'heures.

Je courus alors en remontant le sentier pédestre – il était plus probable que je rencontre quelqu'un rapidement en allant dans le sens inverse. Presque immédiatement, j'aperçus un homme dans la cinquantaine (cette notion d'immédiateté n'était sans doute, elle aussi, qu'une impression). Il possédait un téléphone portable.

Les ambulanciers arrivèrent promptement, suivis de près par deux policiers. Si je regardais la scène, je ne la voyais pas. À un moment, le policier le plus âgé vint vers moi :

— Prenez l'temps nécessaire, mais si vous voulez, nous pouvons vous mettre en contact avec quelqu'un.

Je le regardai d'un air hébété.

— Vous savez, un docteur, un psy, quoi…

Je ne répondis pas, si bien qu'il se demandât si je parlais français. J'affirmai d'un hochement de tête. Il me proposa alors d'aller boire un café au commissariat, mais je demandai simplement à ce qu'on me ramène chez moi.

Sur le chemin, le policier prononça quelques phrases banales, je voyais qu'il essayait de sympathiser. Lorsque je descendis de la voiture, il insista même pour m'accompagner jusqu'à la porte d'entrée. Il fit un petit sourire malaisé en me tendant une carte de visite avec les coordonnées du commissariat d'arrondissement.

— De toute façon, dit-il avant de repartir vers la voiture, nous vous tiendrons au courant. Enfin, si vous l'voulez bien…

Je fis signe que oui, sans trop savoir ce qu'il entendait par « me tenir au courant ». Au courant de quoi, au juste ?

Dans la cuisine, il y avait une note de Noburu. Il s'était rendu à Montréal pour un événement littéraire et ne serait de retour que le lendemain. Il régnait dans l'appartement comme un silence humide. Je savais que j'étais seul, et pourtant je me rendis nerveusement dans chacune des pièces à la recherche d'un ami. Les chambres vides ne reflétèrent qu'angoisse et solitude. Mes oreilles se mirent à bourdonner.

Je m'assis sur le canapé sans même ouvrir une lampe – le temps sirupeux avait comme glissé à mon insu – et brusquement, toutes les tensions se relâchèrent. Je pleurai à en mouiller ma robe de moine, jusqu'à ce que ma tête soit d'une lourdeur de pierre. Lourde, si lourde…

Je m'endormis dans une curieuse position.

~

Le mont Mihara, un volcan actif situé sur l'île d'Izu Oshima.

Depuis une balustrade naturellement formée au haut du mont, il est possible de plonger directement dans le flot de lave. Cela en fit un endroit très populaire parmi les suicidaires. Depuis les années 1920, de nombreux suicides y eurent lieu chaque semaine. En l'an 1936, plus de six cents personnes ont sauté. Les choses allaient continuer.

Ce sont des faits réels, j'ai vérifié.

Mais là, je ne suis pas conscient de toutes ces données. Je rêve.

Près de moi, des dizaines, des centaines de grimpeurs, le plus souvent des touristes avides d'émotions fortes. Ils sont montés là-haut pour assister au spectacle. Il s'agit de faire le saut de l'aigle dans le cratère vers la lave en fusion, quelque 350 mètres plus bas. Pendant l'ascension, un des voyageurs – un Américain, je crois –, s'était exclamé :

— Incinération gratuite et garantie ! Ça a au moins le mérite d'être efficace !

Mais maintenant, son visage est livide, presque violacé.

Les spectateurs pensent être des accompagnateurs. Ils n'interviennent pas et se montrent respectueux. Ils s'inclinent dans un dernier hommage, laissent des fleurs de lotus et repartent en une procession silencieuse.

J'ignore la raison de ma présence. Je n'encourage pas ce voyeurisme morbide, cette violente et inacceptable façon de chasser l'ennui, mais je ne peux rien faire, je suis comme figé, muet. C'est à croire que je suis moi-même un des pans de la montagne.

Tout le monde est parti, il ne reste que moi, dans une fragile solitude, brisée par les quelques échos des bouillons de lave.

Et tout à coup, sur la pointe, le jeune garçon apparaît. Je le reconnais instantanément.

…

Tout s'assombrit, et puis personne ne rend d'hommage.

Personne, il n'y a plus personne.

Martin – c'était son nom – en était à son avant-dernière année d'études secondaires. Il y réussissait bien et les enseignants l'appréciaient. C'était un beau jeune homme, presque toujours invité aux fêtes.

Quelqu'un m'a expliqué que de nombreux garçons qui passent à l'acte sont incapables d'accepter leur attirance pour d'autres garçons. Ce n'était pas le cas de Martin, qui lui n'acceptait pas le départ de sa copine. À partir du moment où elle avait rompu, tout avait été chamboulé, les semaines ponctuées par une série de tentatives maladroites et parfois complètement absurdes pour la retrouver. Son comportement à lui s'était vu dicté par un douloureux mélange de peur, d'attachement obsédant et de colère.

Chagrin d'amour.

N'en est-il pas toujours ainsi ? Chagrin d'amour d'autrui, de soi, de la vie… Chagrin d'amour.

C'est l'expression qu'utilisait la directrice de l'école. Je l'ai croisée un peu par hasard, sur l'aire de stationnement qui borde le sentier pédestre (m'arrêter d'y marcher m'aurait semblé être une grossière erreur). Je l'ai d'abord saluée comme j'aurais souri à tout autre passant, mais elle a dû me reconnaître. Les nouvelles vont vite, et il faut dire que les moines bouddhistes ne sont pas très nombreux, ici. Elle est venue à ma rencontre et s'est présentée. Elle était belle et jeune, et visiblement très affectée par la mort de Martin.

En se présentant, elle s'était légèrement inclinée comme on le fait au Japon. Lorsqu'elle se releva, un coup de vent fit claquer sa jupe ; elle tressaillit légèrement et c'est alors que j'aperçus les cernes qui bordaient ses yeux. Deux bouts d'auréoles sombres qu'avait dessinés la tristesse, et qu'on avait tenté de dissimuler sous une couche de maquillage.

C'est elle qui m'encouragea à rencontrer Laura et Robert, les parents de Martin.

C'était d'abord des rencontres sans conversations. Les mots étaient trop lourds. Leur apporter des petits présents, comme ce thé vert aux fleurs de cerisiers. Être là. Entrer dans la grande maison où le temps s'est arrêté. Entrer dans la grande maison où l'espace même s'est comme évaporé, par endroits seulement, laissant de part et d'autre des gouffres mystérieux, des vides opaques.

Saisir quelques pleurs. Par un sourire empathique, quoique friable, tâcher malhabilement d'apaiser le sentiment de culpabilité éprouvé par les parents. Écouter, sans juger, les questions sans réponses et parfois posées sur un ton horrifié. Les questions de la mère, de la *maman*.

Fréquemment, nous parlions seuls tous les deux. Robert sortait de la maison, je crois que ma présence évoquait trop vivement le suicide de son fils. À une de ces occasions, Laura me regarda intensément et me dit :

— Faites l'exercice, fermez les yeux et imaginez. Pensez, disons, à un couteau à steak... Imaginez qu'on vous le rentre lentement dans le corps, à un endroit sensible, le cou ou le ventre. Il s'insère tranquillement, vous sentez chacune des dents du couteau déchirer votre chair jusqu'à ce que la lame atteigne un organe... Là, on se met à gratter avec le couteau. Vous visualisez toujours ? La douleur est insoutenable, vous ne pouvez pas croire qu'une telle chose vous arrive... Imaginez maintenant qu'on fait subir cent fois plus de tourments à votre esprit.

Elle avait pris une respiration, détourné le regard.

— Personne ne peut comprendre. On dit qu'une des pires vacheries, c'est de voir ses enfants mourir. Eh bien, la pire d'entre toutes, c'est de perdre son enfant par suicide. *Personne ne peut comprendre.*

Elle avait éclaté en sanglots en répétant cette phrase deux ou trois fois.

Surtout, partager des silences, non pas comme une part de gâteau que l'on offrirait, mais comme une grande douleur dont on voudrait prendre sur soi le pire.

Partager des silences.

Quinze jours.

Quinze jours de prison, voilà ce que j'ai récolté pour avoir participé à ce recueil de poésie. Ma contribution était plutôt maigre : un court poème, quatre fois quatre vers. D'autant que mes censeurs furent plus cléments en fonction de mes origines japonaises. Les autres étaient Vietnamiens. L'éditeur, quant à lui, qui n'était autre que l'initiateur du projet et l'auteur du tiers des textes, eut droit à un destin plus sombre. Personnellement, je ne l'ai jamais revu. Je crois que lorsqu'il sortit de prison, j'étais déjà au Canada depuis un an, un an et demi.

Dans l'ensemble, pourtant, les textes n'étaient pas à vocation politique. Ils ne supportaient pas un parti ou un autre, ou plus précisément, n'encourageaient ou ne critiquaient pas celui-là. Ils parlaient de liberté, dans son sens le plus fondamental : la liberté naturelle de l'esprit, de la vie. Et ces mots, certains les craignaient plus que tout.

Des seuls cinquante exemplaires que l'on avait fait tirer, nous n'avions pas eu le temps d'en vendre la moitié. Le reste fut saisi, brûlé. Balayées, ces images-cendres, ces rimes-poussières…

Il semble que l'établissement dans lequel je dus patienter ces quinze jours était l'un des plus « sympathiques » (j'emploie volontiers le mot, un peu pour exorciser la chose). Les sanitaires, c'était déjà ça, étaient propres.

La violence, silencieuse.

Comme cette image étrange, qui me fit frissonner.

Le gardien, après m'avoir escorté jusqu'à ma cellule, s'en alla avec aussi peu de grâce que si tous ses muscles avaient été raidis en permanence, le pas régulier et l'uniforme d'une propreté remarquable. Néanmoins, tout discrètement et dans son dos, il s'amusait à faire tournoyer son trousseau de clés. Et il le maîtrisait parfaitement, son jouet : malgré l'abondance des clés, les gesticulations n'engendraient aucun bruit. Aucun.

Pourquoi cet homme faisait-il ce geste ? Je veux dire, non pas qu'il n'en ait pas eu le droit, c'était au fond assez banal. Mais les questions m'étaient aussi nombreuses qu'insaisissables, et l'on aurait pu comparer mes pensées à des centaines d'oiseaux soudainement dispersés par un jet de pierre. Éprouvait-il un réel plaisir à exercer ce travail ? S'agissait-il plutôt d'un homme sensible, rêveur et désirant fuir sa triste réalité ? Tentait-il encore de se déculpabiliser en se présentant sous un jour plus humain ?

J'ignore pourquoi cette image m'affecta autant. Peut-être la subtile désinvolture du gardien contrastait-elle trop avec ma situation pathétique, avec le décor de béton armé. Oui, ce détail supposé insignifiant, cet épisode minuscule, telle une brèche dans la convention du Temps, me marqua profondément. Et pourtant, quelques semaines plus tard, j'en vins à me demander si je ne l'avais pas rêvé.

Le silence froid, le vide sans écho, les couvertures aseptisées, la solitude à plusieurs. Tout rappelait que le silence, celui-là du moins, c'est avant tout l'absence de son, et que ce froid, c'est l'absence de possibilité de chaleur humaine. J'écris humaine, car après tout, c'était au plus chaud de l'été. Et à deux cents kilomètres de là, dans la cellule de l'éditeur du recueil de poésie, les murs devaient suinter.

S'il avait eu droit à un miroir, qu'aurait-il reflété ?

Je continuais de me promener, tous les jours, au même sentier. Ces randonnées étaient-elles différentes depuis le jour sinistre ? Les passants me souriaient toujours. Le merle ponctuait toujours sa journée par de rituels mouvements, à la recherche de lombrics. Les champignons s'attachaient avec autant d'ardeur aux racines des arbres, et les racines ne grommelaient toujours pas.

J'aurais pu ne plus voir toute cette poésie, la nier. Mon cœur avait été profondément marqué, comme brûlé à vif, au fer chaud. Y était imprimé le visage d'un beau jeune homme qui avait craint la vie au point de se pendre. Il m'arrive encore de fermer les yeux et de revoir les marques bleues-noires sur la fragile peau de son cou.

Je dus combattre. Marcher tous les jours. Prier, marcher. Me souvenir des enseignements de mon maître. J'étais devenu moine bouddhiste pour connaître la vie, l'accepter pleinement, reconnaître l'ouverture que présente chaque situation. J'étais devenu moine bouddhiste pour que mon cœur *continue* de se briser.

Marcher, encore.

J'en vins à comprendre que les feuilles des arbres avaient toujours les mêmes réponses à mes questions. C'était comme si elles avaient tenu à notre amitié.

Il m'apparut ce jour-là qu'une part de la souffrance du monde provient de notre façon tronquée d'appréhender la réalité, discriminant confusément entre *continuité* et *changement*. Il s'avère pourtant que ces promenades n'étaient ni identiques, ni différentes.

Souvent, j'allais rendre visite à Laura et Robert. Les premières semaines, ce n'avait certes pas été facile. Laura se lançait parfois dans d'affligeantes séances d'autocritique. À deux reprises, elle m'avoua qu'elle craignait que Robert ne se mît à trop boire d'alcool. Heureusement, ça n'arriva pas. Une fois pourtant, il se fâcha contre moi et me fit ravaler mes « paroles de sagesse ». Il m'avait dit :

— Vous, les bouddhistes, vous prétendez que tout le monde peut être heureux. Vous utilisez de jolies expressions comme « bonheur authentique, joie durable » … *Je n'y crois plus, alors foutez-moi la paix !*

Le lendemain, nous prenions le thé.

Ils luttaient avec une énergie qui leur semblait toujours insuffisante, et à la fois poursuivaient des recherches que certains auraient jugées malsaines. Ils semblaient croire qu'il était possible d'arriver à tout comprendre comme dans les histoires d'enquêtes policières. Seulement cette fois, le terrain d'étude n'était autre que l'esprit de leur enfant chéri. Il n'y avait pas de cause unique et toute définie, comme un coupable à condamner : personne n'en avait voulu à l'ancienne copine de Martin, qui s'était elle-même trouvée brutalement bouleversé par les événements. Karine avait tellement maigri…

Le processus d'acceptation était long et assez noir. Mais il semblait y avoir parfois un peu de lumière, comme si le chat avait furtivement fait bouger les rideaux, dont on avait oublié depuis trop longtemps qu'ils étaient tirés : à deux ou trois reprises, je fis sourire mes nouveaux amis.

Je ne pouvais pourtant imaginer qu'une fraction de la souffrance qu'ils subissaient le soir venu. À voir leurs yeux, on comprenait que leurs nuits étaient longues, que chacune d'entre elles leur paraissait interminable, et qu'il semblait qu'en fait, même au matin, rien n'avait changé.

Dans leur cœur, dans leur corps, l'aube ne s'était pas levée.

Le soleil était complètement dégoûté.

Partie III

Oh, je voudrais bien le croire, mais ce n'est pas un rêve, cette fois !

Au microphone, un homme qui m'est totalement inconnu, grand et habillé très joliment, parle durant de longues minutes. Il discourt sur ma poésie et prononce des mots comme « force tranquille », « universel », « humanité »…

Ces éloges auxquels je ne crois pas avoir droit, je les dois à Noburu. Il a voulu me faire une surprise et m'a inscrit à un concours national de poésie. En fait, il avait d'abord hésité, ne voulant pas comploter à mon insu, mais s'était décidé lorsque je lui ai narré ma rencontre avec Martin. Mon inscription a été acceptée à la toute dernière minute, et j'ai gagné le premier prix.

Noburu m'ayant toujours dit qu'il n'y a aucun argent à faire avec la poésie (Noburu le libraire, s'entend), j'ai été plutôt surpris en entendant la somme qu'on s'apprête à me remettre.

L'animateur me présente, les gens applaudissent. Avec un sourire bienveillant, qui n'est pas sans me rappeler celui de grand-père lorsque je dus pour la première fois formuler mes commentaires quant au goût du thé *matcha*, l'homme me céda la place.

— Le grand saint Shantideva nous apprenait ainsi à conjurer l'orgueil : « Si l'on fait ton éloge, considère cela comme une ode à la vertu elle-même. » Je ne puis donc que me réjouir du fait que vous appréciez mes poèmes, puisqu'à leur façon, ils exposent la force de la non-violence, et du sentiment de fraternité que l'on se doit d'avoir face à tous les êtres.

Je m'attends à un de ces immenses chèques, tels qu'on les voit dans les émissions télévisées. Mais pas du tout : on me remet une enveloppe discrète, et il semble vraiment que pour les gens présents sur scène, une poignée de main sincère est un symbole de reconnaissance plus fort que la remise d'un papier au format démesuré.

Au soir, j'ouvre l'enveloppe et observe le chèque. En général, les moines n'ont que faire d'un tel montant d'argent. Mais j'ai déjà pris une décision.

En quinze ans, faute d'argent, je ne suis retourné qu'une fois au Japon.

Et là, il y en aurait juste assez…

Kenrokuen, le *Jardin des six attributs.*

Laura et Robert refusèrent d'abord mon invitation, je dus insister, leur parler du prix de poésie, leur rappeler mes vœux monastiques. J'étais d'avis qu'un voyage allait leur faciliter la cicatrisation. La période de deuil leur était particulièrement pénible, le regard qu'ils portaient sur la vie elle-même s'était comme embrumé. Laura semblait ne plus croire en la possibilité d'un bonheur véritable, comme si le restant de son existence elle allait être hantée par les spectres de la mort, de la culpabilité, du néant. Robert, quant à lui, s'ouvrait peu, et les discussions étaient toujours brèves. Mais malgré les épisodes neurasthéniques, les accès de colère et les crises de doute, je n'oubliais pas que ce n'est que lorsque l'on touche le fond que l'on peut observer les étoiles. J'entrevoyais une évolution, légère, certes, mais tangible.

Il apparaissait pourtant que quelque chose continuait à manquer.

C'était le dernier jour du voyage.

Hasard heureux de l'infortuné : le jardin de Kenrokuen, généralement occupé par des légions de visiteurs, offrait ce jour-là une ambiance particulièrement sereine. Nous marchions tranquillement, les sens s'éveillaient. D'abord et surtout, la vue. De ces décors dont la seule vue produit un effet indéniable sur l'esprit, nous profitions du meilleur. Il semble que tout était en parfait équilibre : les plans d'eau, les arbres, la pierre, le bambou.

Lentement, minute après minute, l'on aurait dit que Laura et Robert sortaient d'une apnée profonde. Ils respiraient, ils apprenaient à respirer.

Nous arrivâmes à l'un des lieux les plus célèbres du Jardin, celui de la vieille lanterne, d'où l'on bénéficie d'une vue très reposante. Nous nous assîmes sur un tout petit pont de pierre, de moins d'un mètre de largeur et sans remparts. Nous n'échangeâmes aucune parole pendant les deux ou trois minutes qui suivirent. Les souliers de Robert, qu'il s'était mis à agiter drôlement à la façon d'un jeune garçon, touchaient presque à l'eau peu profonde, et celle-ci reflétait un soleil placide de fin d'après-midi, de ses légères vaguelettes qui me donnaient l'impression d'autant de sourires.

C'est alors que je pointai un nuage énorme, clair et à contours nets – un *cumulus*, m'aurait peut-être confirmé Noburu.

— Regardez ce beau nuage ! Allez, envoyons-lui la main !

Mes amis me regardèrent, un peu ébahis. Avais-je perdu la raison ? Ils n'eurent pas le temps de se poser la question que déjà, j'envoyais la main.

C'est alors qu'il se passa quelque chose de magique. Laura et Robert, témoins de ma joyeuse impertinence, éclatèrent d'un rire franc !

Un rire franc, un rire plein de détente, de douceur.

Je me doutais que la beauté du paysage, de la vue qu'on avait près de la vieille lanterne de pierre, allait leur permettre de s'ouvrir, d'être vraiment disponibles. Leur douleur allait demeurer comme gravée, et pour cela j'étais las de mon impuissance. Les choses n'allaient pas changer du tout au tout, simplement parce qu'ils s'étaient permis de rire de bon aloi. Il y allait toujours avoir comme une fragilité, une précarité sous-jacente, dont ils venaient peut-être de prendre conscience. Dans chaque mouvement d'ombre, ce souvenir funeste, palpable.

Lorsqu'ils apprirent que leur fils unique s'était pendu dans le boisé de l'école, ils étaient en train de manger des artichauts. Allait toujours demeurer cette obsession un peu étrange, cette impression d'être assailli, aux repas du soir, par un parfum d'artichauts trop cuits.

Chaque année, des larmes, et à l'occasion même, l'incapacité à pleurer, comme si le corps s'était complètement, finalement desséché. Un désert, une vaste plaine couverte de microscopiques grains de sang durci, de peau flétrie. De la tristesse à l'état pur.

C'était néanmoins comme si cette souffrance avait été partagée un court instant. Dans l'immense bloc de pierre apparut la brèche nécessaire.

Ils avaient atteint cet état d'esprit un peu comparable à celui de l'enfance, dans lequel il y a encore d'infinies possibilités. Il s'agissait d'apprendre, de progressivement comprendre le monde avec joie et amour, tout en s'éloignant de l'infantilisme qui serait de nier la toute présence de la souffrance.

Sans prétention, et sans autre artifice qu'un sourire un peu timide.

La brèche nécessaire.

Le retour au Québec, le lendemain, allait être bien différent. Il faut dire que cet après-midi-là, au jardin de Kenrokuen, et sans que personne ne l'eût soupçonné, deux nouvelles étoiles sont apparues dans le firmament.

Aussi, cette nuit, et si le ciel n'est pas trop couvert, observez.

Observez attentivement…

Dans la première partie du récit intitulé *Le Promeneur*, la citation du maître du personnage principal est une adaptation d'un extrait de *Préceptes de vie*, de Dugpa Rimpoché, publié aux Presses du Châtelet. Quant au livre dont il est fait mention un peu plus loin, lorsqu'on traite des champignons, il s'agit de *L'arbre, une vie*, par David Suzuki et Wayne Grady, paru aux éditions Boréal. Le personnage principal, de même que ses pratiques contemplatives, sont inspirés par la personne et l'enseignement du moine vietnamien Thich Nhât Hanh, du Village des Pruniers, en France.

Table des matières

H
hamac

Dans la même collection

Déjà
Nicolas Bertrand, 2010

La Trajectoire
Stéphane Libertad, 2010

La Louée
Françoise Bouffière, 2009

Être
Éric Simard, 2009

Au passage
Emmanuel Bouchard, 2008

Enthéos
Julie Gravel-Richard, 2008

La Deuxième Vie de Clara Onyx
Sinclair Dumontais, 2008

hamac-carnets

Dans la collection hamac-carnets

J'écris parce que je chante mal
Daniel Rondeau, 2010

Passion Japon
Valérie Harvey, 2010

Les Chroniques d'une mère indigne 2
Caroline Allard, 2009

Un taxi la nuit T II
Pierre-Léon Lalonde, 2009

Lucie le chien
Sophie Bienvenu, 2007

Les Chroniques d'une mère indigne
Caroline Allard, 2007

Un taxi la nuit
Pierre-Léon Lalonde, 2007

Entièrement consacrée à la fiction,
la collection Hamac propose à ses lecteurs,
le temps d'un livre,
de se balancer au rythme de ses pages.

Bénéficiant de l'expérience
des éditions du Septentrion
auxquelles elle est rattachée,
la collection propose des textes
d'auteurs québécois qui brillent
par leurs qualités littéraires
et leur intensité.

Nous espérons que vous aurez autant de plaisir
à les lire que nous en avons eu à les découvrir.

Pour soumettre un manuscrit ou obtenir plus d'informations,
visitez le site www.hamac.qc.ca

Tous les livres de la collection Hamac sont imprimés sur du
papier recyclé, traité sans chlore et contenant 100 % de fibres
postconsommation, selon les recommandations d'ÉcoInitiatives
(www.oldgrowthfree.com/ecoinitiatives).
En respectant les forêts, le Septentrion espère qu'il reste
toujours assez d'arbres sur terre pour accrocher des hamacs.

**PROTÉGEONS
NOS FORÊTS**

CET OUVRAGE EST COMPOSÉ EN ARNO PRO CORPS 13
SELON UNE MAQUETTE RÉALISÉE PAR PIERRE-LOUIS CAUCHON
ET ACHEVÉ D'IMPRIMER EN AOÛT 2010
SUR LES PRESSES DE L'IMPRIMERIE MARQUIS
À CAP-SAINT-IGNACE
POUR LE COMPTE DE GILLES HERMAN
ÉDITEUR À L'ENSEIGNE DU SEPTENTRION